诗词总动员
SHICI
ZONGDONGYUAN

诗词趣味游戏大全

张祥斌　潘盈竹——编著

U0314138

化学工业出版社

·北　京·

图书在版编目（CIP）数据

诗词趣味游戏大全／张祥斌，潘盈竹编著. —北京：
化学工业出版社，2024.6
（诗词总动员）
ISBN 978-7-122-45369-3

Ⅰ.①诗… Ⅱ.①张…②潘… Ⅲ.①古典诗歌-中
国-儿童读物 Ⅳ.①I222

中国国家版本馆CIP数据核字（2024）第069575号

责任编辑：陈 曦 装帧设计：史利平
责任校对：宋 夏

出版发行：化学工业出版社（北京市东城区青年湖南街13号 邮政编码100011）
印 装：大厂回族自治县聚鑫印刷有限责任公司
710mm×1000mm 1/16 印张10½ 字数155千字 2025年1月北京第1版第1次印刷

购书咨询：010-64518888 售后服务：010-64518899
网 址：http://www.cip.com.cn

凡购买本书，如有缺损质量问题，本社销售中心负责调换。

定 价：39.80元 版权所有 违者必究

前言

　　常言道："腹有诗书气自华。"要想成为一个谈吐不俗、语惊四座、高雅而有修养的人，必须掌握一些诗词。传诵不衰的经典诗词已经融入我们的文化性格里，启发着我们的心智，滋养着我们的心灵，丰富着我们的精神。

　　诗词背诵也是一个由浅入深、由点及面、循序渐进的过程，本书精心设计的各类诗词游戏，就是遵循这个客观规律，是理解、背诵古诗词的强力推进器。本书不仅涵盖了教学大纲、新课标要求必背的所有诗词篇目，还涉及《唐诗三百首》《宋词三百首》《千家诗》等中国传统诗集的大部分优秀篇目。通过本书，读者能够以诗词名句为线索，把知识视角延伸到整篇诗词，进而拓展到博大精深的诗词文化领域。

　　在内容编排上，本书也独具匠心。首先，从最基本的"诗句填空"入手，让读者可以先从理解、掌握诗词名句中的关键字词学起，积累大量诗句，进而过渡到"诗词图表填空"。

　　优秀的诗篇和诗人总是密不可分的，诗词中也经常涉及各种各样的人物，诗与人因此形成了一个有机的整体，趣味问答中的"诗人逸事问答"和"诗词人物问答"就体现了上述主旨。

中国是一个诗歌的国度，诗词是中国传统文化的奇葩，而诗词名句是奇葩中的精华，是我们民族文化遗产中极为珍贵的一部分。请跟随本书走入古典诗词美丽清新的世界，感受至美意境，体验诗意人生吧！

目录

目录

第 *1* 章

诗句填空

一、春天相关诗句填空

1. 下列诗句中所缺的词都是与春有关的成语，你能填写出来吗？

① 今年欢笑复明年，□□□□等闲度。

② □□□□马蹄疾，一日看尽长安花。

③ □□□□不知主，谁言炉冶此中开。

④ 桃花烂漫杏花稀，□□□□不忍违。

⑤ □□□□关不住，一枝红杏出墙来。

⑥ 谢家生日好风烟，□□□□二月天。

⑦ 纷纷世议何足道，尽付□□□□前。

◆ 答案：① 秋月春风 ② 春风得意 ③ 春满人间 ④ 春色撩人 ⑤ 春色满园 ⑥ 柳暖花春 ⑦ 马耳春风

2. 莺歌燕语，柳绿花红，正是大地回春时节。下列诗句中的方框部分都是春天的雅称，你能填写出来吗？

① □□畅和气，谷风穆以温。

② 黄鸟鸣园柳，□□改旧阴。

③ 烈心厉劲秋，丽服鲜□□。

④ 谁言寸草心，报得□□晖。

⑤ 竞将明媚色，偷眼□□天。

⑥ 悦怿若□□，磬折似秋霜。

⑦ 白日放歌须纵酒，□□作伴好还乡。

⑧ 虽四时之平分，何□□之清淑。

⑨ 兼万情之悲欢，兹一感于 ☐ ☐ 。

◆ 答案：① 青阳 ② 新阳 ③ 芳春 ④ 三春 ⑤ 艳阳 ⑥ 九春 ⑦ 青春 ⑧ 阳节 ⑨ 芳节

3. 请在下列诗句中填入春天盛开的花卉，迎接春天的到来。同时，让我们漫步古诗苑，一起去欣赏诗中那烂漫的春花吧。

① 忽如一夜春风来，千树万树 ☐ ☐ 开。

② 竹外 ☐ ☐ 三两枝，春江水暖鸭先知。

③ 兰陵美酒 ☐ ☐ ☐ ，玉碗盛来琥珀光。

④ ☐ ☐ 一树花连枝，近以手抓动辄随。

⑤ 唯有 ☐ ☐ 真国色，花开时节动京城。

⑥ ☐ ☐ 千载流芳馨，清风凌厉连红晓。

⑦ 何处哀筝随急管，☐ ☐ 永巷垂杨岸。

⑧ 沾衣欲湿 ☐ ☐ 雨，吹面不寒杨柳风。

⑨ ☐ ☐ 淡白柳深青，柳絮飞时花满城。

⑩ ☐ ☐ 墙外一枝横，半面宫妆出晓晴。

⑪ ☐ ☐ 一簇开无主，可爱深红爱浅红。

⑫ ☐ ☐ 宜远更宜繁，惟远惟繁始足看。

⑬ ☐ ☐ ☐ 发满晴柯，不赌娇饶只赌多。

⑭ 几树半天红似染，居人云是 ☐ ☐ ☐ 。

⑮ 只向闽乡说荔枝，☐ ☐ ☐ 发几人知？

⑯ ☐ ☐ 脉脉要诗催，日暮紫绵无数开。

◆ 答案：① 梨花 ② 桃花 ③ 郁金香 ④ 紫荆 ⑤ 牡丹 ⑥ 玉兰 ⑦ 樱花 ⑧ 杏花 ⑨ 梨花 ⑩ 杏花 ⑪ 桃花 ⑫ 李花 ⑬ 樱桃花 ⑭ 木棉花 ⑮ 荔枝花 ⑯ 海棠

二、"绿色"词语填诗句

下列诗句的空格中所缺的都是与"绿"字有关的词语，你能填写出来吗？

① □□草深虫入遍，青丛花尽蝶来稀。

② □□松萝暑气凉，清泉泻入小池塘。

③ 高挂虚窗对□□，鸟啼声歇柳阴移。

④ 百道飞泉喷雨珠，春风窈窕□□芜。

⑤ □□东西南北水，红栏三百九十桥。

⑥ 楼边□□飞红尽，春色墙阴老荠花。

⑦ 一林□□尽可数，五月白莲犹未开。

⑧ 五月江南樱笋残，疏花散尽□□□。

◆ 答案：①绿岸 ②绿荫 ③绿池 ④绿蘼 ⑤绿浪 ⑥绿树 ⑦绿竹 ⑧绿漫漫

三、动物植物皆入诗

1. 请在方框中填上动物或植物名称。

① □□才露尖尖角，早有□□立上头。

② 中庭地白□栖□，冷露无声湿□□。

③ 西塞山前□□飞，桃花流水□□肥。

④ 留连戏□时时舞，自在娇□恰恰啼。

⑤ 乱花渐欲迷人眼，浅□才能没□蹄。

⑥ 天苍苍，野茫茫，风吹□低见□。

⑦ 童孙未解供耕织，也傍□阴学种□。

⑧ 柴门闻 ☐ 吠，风雪夜归人。

⑨ ☐ 外 ☐ ☐ 三两枝，春江水暖 ☐ 先知。

⑩ ☐ ☐ 东南飞，五里一徘徊。

⑪ 枯 ☐ 老树昏 ☐ ，小桥流水人家。

◆ 答案：① 小荷　蜻蜓　② 树　鸦　桂花　③ 白鹭　鳜鱼　④ 蝶　莺　⑤ 草　马　⑥ 草　牛羊　⑦ 桑　瓜　⑧ 犬　⑨ 竹　桃花　鸭　⑩ 孔雀　⑪ 藤　鸦

2. 春回大地，鸟语花香。下面，让我们一起来填一填这组带有鸟名的美妙诗句吧。

① 泥融飞 ☐ ☐ ，沙暖睡 ☐ ☐ 。

② 落花人独立，微雨 ☐ 双飞。

③ 征蓬出汉塞，归 ☐ 入胡天。

④ 争渡，争渡，惊起一滩 ☐ ☐ 。

⑤ 两个 ☐ ☐ 鸣翠柳，一行 ☐ ☐ 上青天。

⑥ 细雨鱼儿出，微风 ☐ ☐ 斜。

⑦ 千里 ☐ 啼绿映红，水村山郭酒旗风。

⑧ 故人西辞 ☐ ☐ 楼，烟花三月下扬州。

⑨ 旧时王谢堂前 ☐ ，飞入寻常百姓家。

⑩ ☐ ☐ 一去不复返，白云千载空悠悠。

⑪ 晴川历历汉阳树，芳草萋萋 ☐ ☐ 洲。

⑫ 晴空一 ☐ 排云上，便引诗情到碧霄。

⑬ 春阳如昨日，碧树鸣 ☐ ☐ 。

⑭ 打起 ☐ ☐ 儿，莫教枝上啼。

⑮ 见果皆卢橘，闻禽悉 ☐ ☐ 。

⑯ ☐☐眠高阁，樱桃拂短檐。

⑰ 自怜☐☐☐，去蠹终不错。

⑱ 溪女不画眉，爱听☐☐☐。

⑲ 养成☐☐☐，瘦尽雪花骢。

⑳ 华表千年☐一归，凝丹为顶雪为衣。

㉑ 弄风骄马跑空立，趁兔☐☐掠地飞。

㉒ 吴中贵游重☐☐，千金远致能言语。

㉓ 天寒☐度堪垂泪，日落猿啼欲断肠。

㉔ 人于红药惟看色，☐到垂杨不惜声。

㉕ ☐☐归来寒食雨，春风开遍野棠花。

㉖ ☐噪暮云归古堞，☐迷寒雨下空壕。

㉗ 家在千山古溪上，先应☐☐噪门扉。

㉘ 剩水残山惨淡间，☐☐无事小舟闲。

㉙ 正疑☐☐归何晚，一片雪从天际来。

㉚ ☐☐知何去? 剩有游人处。

◆ 答案: ①燕子 鸳鸯 ②燕 ③雁 ④鸥鹭 ⑤黄鹂 白鹭 ⑥燕子 ⑦莺 ⑧黄鹤 ⑨燕 ⑩黄鹤 ⑪鹦鹉 ⑫鹤 ⑬黄鹂 ⑭黄莺 ⑮鹧鸪 ⑯孔雀 ⑰啄木鸟 ⑱画眉鸟 ⑲丹顶鹤 ⑳鹤 ㉑苍鹰 ㉒鹦鹉 ㉓雁 ㉔莺 ㉕燕子 ㉖鸦 雁 ㉗喜鹊 ㉘白鸥 ㉙白鹭 ㉚黄鹤

3. 下面诗句中所缺的内容均是我国古代的名马，你能填写出来吗?

① ☐☐无人用，当须吕布骑。

② 劳劳一寸心，灯花照☐☐。

③ 剑锋生☐☐，马足起红尘。

④ 魂应☐☐为才鬼，名与遗编在史臣。

⑤ 风旗翻翼影，霜剑转 ☐☐ 。

⑥ 桃竹书筒绮绣文，良工巧妙称 ☐☐ 。

⑦ 铁马云雕久 ☐☐ ，柳阴高压汉营春。

⑧ ☐☐ 有心犹款段，逢人相骨强嘶号。

⑨ 阴山骄子 ☐☐ 马，长驱东胡胡走藏。

⑩ 犬解人歌曾入唱，马称 ☐☐ 几来嘶。

⑪ 交朋接武居仙院，幕客 ☐☐ 入凤池。

⑫ 天地迢遥自长久， ☐☐ 赤乌相趁走。

◆ 答案：① 赤兔 ② 鱼目 ③ 赤电 ④ 绝地 ⑤ 龙文 ⑥ 绝群 ⑦ 绝尘 ⑧ 追电 ⑨ 汗血 ⑩ 龙子 ⑪ 追风 ⑫ 白兔

4. 在方框中填上花名，把诗句补充完整。

① 采 ☐ 东篱下，悠然见南山。

② 接天莲叶无穷碧，映日 ☐☐ 别样红。

③ 待到重阳日，还来就 ☐☐ 。

④ 小楼一夜听春雨，深巷明朝卖 ☐☐ 。

⑤ 忽如一夜春风来，千树万树 ☐☐ 开。

⑥ 借问酒家何处有，牧童遥指 ☐☐ 村。

⑦ 沾衣欲湿 ☐☐ 雨，吹面不寒杨柳风。

⑧ 他年我若为青帝，报与 ☐☐ 一处开。

⑨ 有情 ☐☐ 含春泪，无力 ☐☐ 卧晓枝。

⑩ 人面不知何处去， ☐☐ 依旧笑春风。

⑪ 惟有 ☐☐ 真国色，花开时节动京城。

⑫ 颠狂柳絮随风舞，轻薄 ☐☐ 逐水流。

⑬ □□ 院落溶溶月，柳絮池塘淡淡风。

⑭ 竹外 □□ 三两枝，春江水暖鸭先知。

⑮ 春色满园关不住，一枝 □□ 出墙来。

⑯ 一丛梅粉褪残妆，涂抹新红上 □□ 。

⑰ 更无柳絮因风起，惟有 □□ 向日倾。

⑱ 黄鹤楼中吹玉笛，江城五月落 □□ 。

◆ 答案：① 菊 ② 荷花 ③ 菊花 ④ 杏花 ⑤ 梨花 ⑥ 杏花 ⑦ 杏花 ⑧ 桃花 ⑨ 芍药 蔷薇 ⑩ 桃花 ⑪ 牡丹 ⑫ 桃花 ⑬ 梨花 ⑭ 桃花 ⑮ 红杏 ⑯ 海棠 ⑰ 葵花 ⑱ 梅花

5. 我国农历每月都有一种代表性的花开放，民间称之为"十二姐妹花"。请在空格中填入适当的花名，使之成为完整的诗句。

正月：不是一番寒彻骨，怎得 □□ 扑鼻香？

二月：暖气潜催次第春，梅花已谢 □□ 新。

三月：陶令不知何处去，□□ 源里可耕田？

四月：有情芍药含春泪，无力 □□ 卧晓枝。

五月：五月 □□ 照眼明，枝间时见子初成。

六月：接天莲叶无穷碧，映日 □□ 别样红。

七月：鲜鲜 □□ 花，得时亦自媚。

八月：空山 □□ 多，艳色粲然发。

九月：待到重阳日，还来就 □□ 。

十月：木末 □□ 花，山中发红萼。

冬月：□□ 携蜡梅，来作散花雨。

腊月：越嶂远分丁字水，□□ 迟见二年花。

◆ 答案：正月：梅花　二月：杏花　三月：桃花　四月：蔷薇　五月：榴花　六月：荷花　七月：金凤（凤仙）　八月：桂花　九月：菊花　十月：芙蓉　冬月：水仙　腊月：蜡梅

6. 春光无限好，野菜诱人香。请在下面诗句的方框中填入相应的野菜。

① 卖茶犹说有征讥，□□何为入市稀。

② 旋遣厨人挑□□，虚劳座客颂椒花。

③ 采茗归来日未斜，更携□□入仙家。

④ 夹岸□□障日微，拍堤波浪溅人衣。

⑤ 肺病恶寒望劝酬，□□作汤良可沃。

⑥ 风暖池塘得意春，□□烟草一回新。

◆ 答案：① 蕨菜　② 荠菜　③ 苦菜　④ 芦蒿　⑤ 桔梗　⑥ 水芹

7. 请在诗句的方框处填上相应的树木的名称。

① 玉露凋伤□□林，巫山巫峡气萧森。

② 塞北梅花羌笛吹，淮南□□小山词。

③ 金井□□秋叶黄，珠帘不卷夜来霜。

④ 白金换得□□树，君既先栽我不栽。

⑤ □□千条花欲绽，蒲萄百丈蔓初萦。

⑥ 桃花仙人种□□，又摘桃花换酒钱。

⑦ 天上□□和露种，日边红杏倚云栽。

⑧ 羌笛何须怨□□，春风不度玉门关。

⑨ □□真不甘衰谢，数叶迎风尚有声。

⑩ 破额山前碧玉流，骚人遥驻□□舟。

⑪ □□阅世风霜古，翠竹题诗岁月赊。

⑫ 峥嵘 ☐ ☐ 寒犹健，窈窕幽窗雪更明。

◆ 答案：① 枫树 ② 桂树 ③ 梧桐 ④ 青松 ⑤ 杨柳 ⑥ 桃树 ⑦ 碧桃 ⑧ 杨柳
⑨ 梧桐 ⑩ 木兰 ⑪ 青松 ⑫ 老柏

四、填数字，组诗句

请在方框中填上恰当的数字。

① 劝君更尽 ☐ 杯酒，西出阳关无故人。

② 停车坐爱枫林晚，霜叶红于 ☐ 月花。

③ 谁言寸草心，报得 ☐ 春晖。

④ 白发 ☐ ☐ 丈，缘愁似个长。

⑤ 桃花潭水深 ☐ 尺，不及汪伦送我情。

⑥ 南朝 ☐ ☐ ☐ ☐ 寺，多少楼台烟雨中。

⑦ 死去元知 ☐ 事空，但悲不见 ☐ 州同。

⑧ ☐ 州生气恃风雷，☐ 马齐喑究可哀。

⑨ ☐ 月卖新丝，☐ 月粜新谷。

⑩ ☐ 水护田将绿绕，☐ 山排闼送青来。

⑪ 满面尘灰烟火色，两鬓苍苍 ☐ 指黑。

⑫ 相见时难别亦难，东风无力 ☐ 花残。

⑬ 离离原上草，☐ 岁 ☐ 枯荣。

⑭ 烽火连 ☐ 月，家书抵 ☐ 金。

⑮ ☐ 男邺城戍。☐ 男附书至，☐ 男新战死。

⑯ 黄沙 ☐ 战穿金甲，不破楼兰终不还。

⑰ 欲穷 ☐ 里目，更上 ☐ 层楼。

⑱ 春种□粒粟，秋收□颗子。□海无闲田，农夫犹饿死。

⑲ 北斗□星高，哥舒夜带刀。

⑳ 忽如□夜春风来，□树□树梨花开。

㉑ □岸猿声啼不住，轻舟已过□重山。

㉒ 北风卷地白草折，胡天□月即飞雪。

㉓ 飞流直下□□尺，疑是银河落□天。

㉔ □岸青山相对出，孤帆□片日边来。

㉕ 故人西辞黄鹤楼，烟花□月下扬州。

㉖ 沉舟侧畔□帆过，病树前头□木春。

㉗ 潮平□岸阔，风正□帆悬。

㉘ □道残阳铺水中，□江瑟瑟□江红。可怜□月初□夜，露似真珠月似弓。

㉙ □个黄鹂鸣翠柳，□行白鹭上青天。窗含西岭□秋雪，门泊东吴□里船。

㉚ 碧玉妆成□树高，□条垂下绿丝绦。不知细叶谁裁出，□月春风似剪刀。

◆ 答案：① 一 ② 二 ③ 三 ④ 三千 ⑤ 千 ⑥ 四百八十 ⑦ 万 九 ⑧ 九 万 ⑨ 二 五 ⑩ 一 两 ⑪ 十 ⑫ 百 ⑬ 一 一 ⑭ 三 万 ⑮ 三 一 二 ⑯ 百 ⑰ 千 一 ⑱ 一 万 四 ⑲ 七 ⑳ 一 千 万 ㉑ 两 万 ㉒ 八 ㉓ 三千 九 ㉔ 两 一 ㉕ 三 ㉖ 千 万 ㉗ 两 一 ㉘ 一 半 半 九 三 ㉙ 两 一 千 万 ㉚ 一 万 二

五、单字组词填诗句

1. 下面古诗句中所空缺的内容均是与福有关的词汇，你能填写出来吗？

① 神鱼人不见，□□语真传。

② 谢族风流盛，于门▢▢多。

③ 笔砚生涯旧，诗书▢▢长。

④ 殃庆有所积，▢▢皆自求。

⑤ 赫赫勋名俱向上，绵绵▢▢宜无极。

⑥ 生丁盛世▢▢昌，四时为乐允无疆。

⑦ 烦闹荣华犹易过，优闲▢▢更难销。

⑧ ▢▢一点夜堂深，藻泮花泉共照临。

⑨ 阎浮提中大▢▢，莲花会上菩提记。

⑩ 道人已办游山屐，▢▢谁胜上马杯。

⑪ 做了三公更引年，人间▢▢合居先。

⑫ 此景得游无事日，也宜知▢▢无涯。

◆ 答案：① 福地　② 福庆　③ 福泽　④ 祝福　⑤ 福寿　⑥ 福运　⑦ 福禄　⑧ 福星　⑨ 福田　⑩ 福将　⑪ 福德　⑫ 幸福

2. 下列诗句中所缺的内容都是与香有关的词汇，你能填写出来吗？

① ▢▢入书屋，不是杏花风。

② 柳软腰支嫩，▢▢密气融。

③ 古树龙其似，▢▢蝶不知。

④ 敛翠凝歌黛，▢▢动舞巾。

⑤ 兰蕙虽可怀，▢▢与时息。

⑥ ▢▢熏小像，杨柳伴啼鸦。

⑦ 翠帘绣暖燕归来，宝鸭▢▢蜂上下。

⑧ 恋月每忘寒夜永，寄梅浑讶驿▢▢。

⑨ 寒依疏影萧萧竹，春掩▢▢漠漠苔。

⑩ 一夜 ☐☐ 清入梦，野梅千树月明村。

⑪ 疏影横斜水清浅，☐☐ 浮动月黄昏。

⑫ 主人岁岁常为客，莫怪 ☐☐ 怨不知。

◆ 答案：① 清香 ② 梅香 ③ 寒香 ④ 流香 ⑤ 芳香 ⑥ 沉香 ⑦ 花香 ⑧ 书香
⑨ 残香 ⑩ 冷香 ⑪ 暗香 ⑫ 幽香

3. 下列诗句中所缺的内容都是与雪有关的词汇，你能填写出来吗？

① ☐☐ 还因地，墙阴久尚残。

② ☐☐ 落纷华，随风一向斜。

③ ☐☐ 送余运，无妨时已和。

④ ☐☐ 落残腊，轮蹄在远涂。

⑤ ☐☐ 半成水，微风应欲春。

⑥ 孤舟蓑笠翁，独钓寒 ☐☐ 。

⑦ 风卷寒云 ☐☐ 晴，江烟洗尽柳条轻。

⑧ 风飘 ☐☐ 落如米，索索萧萧芦苇间。

⑨ 甲子徒推 ☐☐ 天，刺桐犹绿槿花然。

⑩ ☐☐ 随风不厌看，更多还肯失林峦。

◆ 答案：① 积雪 ② 瑞雪 ③ 风雪 ④ 雨雪 ⑤ 残雪 ⑥ 江雪 ⑦ 暮雪 ⑧ 细雪
⑨ 小雪 ⑩ 花雪

4. 下列诗句中所缺的内容都是与石有关的词汇，你能填写出来吗？

① 百顷青云杪，层波 ☐☐ 中。

② 声喧 ☐☐ 中，色静深松里。

③ 那知 ☐☐ 下，不与武陵通。

④ ☐☐ 疑藏虎，盘根似卧龙。

⑤ ☐☐ 张厥角，直欲砺我舟。

⑥ 垂钓坐 ☐☐ ，水清心亦闲。

⑦ 洞府深深映水开，幽花 ☐☐ 白云堆。

⑧ ☐☐ 床平可坐卧，水作珠帘月作钩。

◆ 答案：① 白石　② 乱石　③ 幽石　④ 暗石　⑤ 狞石　⑥ 磐石　⑦ 怪石　⑧ 乳石

5. 下面古诗句中所空缺的内容均为与腊字有关的词汇，你能填写出来吗？

① ☐☐ 草根甜，天街雪似盐。

② ☐☐ 一尺厚，云冻寒顽痴。

③ 岂应今 ☐☐ ，恰似旧春三。

④ 淖糜分 ☐☐ ，圆炭度朝寒。

⑤ ☐☐ 刀刻肌，遂向东南走。

⑥ ☐☐ 犹半月，花已满头开。

⑦ 官期应 ☐☐ ，客路尚秋风。

⑧ ☐☐ 早还家，浊醪同酌兕。

⑨ 火是 ☐☐ 春，雪为阴夜月。

⑩ ☐☐ 天垂老，新春日始孩。

⑪ ☐☐ 开尽欲凋年，痛饮千江壁底眠。

⑫ 逢盐久已成 ☐☐ ，得蜜犹疑是薄刑。

⑬ 北风有意待 ☐☐ ，只放飞花一半开。

⑭ 祖意岂从 ☐☐ 得，松枝肯为雪霜低。

⑮ ☐☐ 正月早惊春，众花未发梅花新。

◆ 答案：① 腊月　② 腊雪　③ 腊八　④ 腊序　⑤ 腊风　⑥ 腊寒　⑦ 岁腊　⑧ 梅腊
⑨ 腊天　⑩ 残腊　⑪ 腊梅　⑫ 枯腊　⑬ 寒腊　⑭ 年腊　⑮ 腊月

6. 下面古诗句中所缺内容均为与竹有关的词汇，你能填写出来吗？

① 桃枝堪辟恶，□□好惊眠。

② 微风淡□□，净日暖烟萝。

③ 初日破苍烟，零乱□□影。

④ 无营傲□□，琴帙静为友。

⑤ □□闲开碧，蔷薇暗吐黄。

⑥ □□静逾媚，溪梅初有香。

⑦ 白沙□□江村暮，相对柴门月色新。

⑧ 武夷洞里生□□，老尽曾孙更不来。

⑨ 缓歌慢舞凝□□，尽日君王看不足。

⑩ □□方生秋涧上，紫兰已到鲁斋中。

⑪ 门掩虚堂阴窈窈，风摇□□冷萧萧。

◆ 答案：① 爆竹　② 水竹　③ 松竹　④ 云竹　⑤ 石竹　⑥ 天竹　⑦ 翠竹　⑧ 毛竹
⑨ 丝竹　⑩ 墨竹　⑪ 枯竹

7. 下列诗句中所缺的内容都是与梅有关的词汇，你能填写出来吗？

① 主人修废坠，□□仍春辉。

② 潺湲泻寒月，晃漾照□□。

③ 俱含万里情，□□开岭徼。

④ □□玉立故清妍，心友猗兰弟水仙。

⑤ 玄冥行令肃冰霜，墙角□□特地芳。

⑥ 一树 ☐☐ 白玉条，迥临村路傍溪桥。

⑦ 狭斜只解赏春红，秋菊 ☐☐ 不负公。

⑧ 忽觉东风景渐迟，☐☐ 山杏暗芳菲。

⑨ 番番翠蔓缠松上，粲粲 ☐☐ 入竹花。

⑩ ☐☐ 阁老无妨渴，画饼尚书不救饥。

⑪ ☐☐ 又复负前盟，曾念霜风病不禁。

⑫ 试问清芳谁第一，☐☐ 花冠百花香。

⑬ 折得岭头如 ☐☐，对花那得欠清杯。

⑭ 羡君东去见 ☐☐，惟有王孙独未回。

⑮ 御柳 ☐☐ 动春意，朝来黄鸟亦喈喈。

⑯ 暗想玉容何所似？一枝春雪冻 ☐☐，满身香雾簇朝霞。

⑰ 燕雏学母飞初熟，☐☐ 团枝亦半黄。

⑱ 落落出群非榉柳，青青不朽岂 ☐☐。

⑲ 越嶂远分丁字水，☐☐ 迟见二年花。

⑳ ☐☐ 成实夏阴浓，波面繁花刺眼红。

㉑ 妾弄 ☐☐ 凭短墙，君骑白马傍垂杨。

㉒ 笑似 ☐☐ 裂，啼如豉汗流。

㉓ 忽见 ☐☐ 树，开花汉水滨。

㉔ 墙根春荠老，瓶水 ☐☐ 香。

㉕ 一川烟草，满城风絮，☐☐ 黄时雨。

◆ 答案：① 古梅 ② 春梅 ③ 雪梅 ④ 江梅 ⑤ 疏梅 ⑥ 寒梅 ⑦ 冬梅 ⑧ 野梅 ⑨ 朱梅 ⑩ 望梅 ⑪ 探梅 ⑫ 蜡梅 ⑬ 玉梅 ⑭ 残梅 ⑮ 宫梅 ⑯ 梅花 ⑰ 梅子 ⑱ 杨梅 ⑲ 蜡梅 ⑳ 杏梅 ㉑ 青梅 ㉒ 乌梅 ㉓ 寒梅 ㉔ 腊梅 ㉕ 梅子

8.下面古诗句中所缺内容均为含梅字的词牌名、曲牌名，你能填写出来吗？

① 和泪试严妆，□□□飞晓霜。

② 笛奏□□□，刀开明月环。

③ 欲□□□朵，看来不忍攀。

④ 带冰新溜涩，间雪□□□。

⑤ 声分折杨吹，娇韵□□□。

⑥ 我□□□梦南国，君怀明主去东周。

⑦ 灯前欲和□□□，病发飘飘满面尘。

⑧ 杖锡飘然别故人，笑□□□理征路。

⑨ 日斜半窗□□□，客程犹有未归人。

⑩ 凌寒不独□□□，玉艳更为一样妆。

⑪ 寒柳翠添微雨重，□□□绽细枝多。

◆ 答案：① 落梅　② 梅花曲　③ 折红梅　④ 早梅香　⑤ 落梅风　⑥ 忆黄梅　⑦ 梅花引　⑧ 望梅花　⑨ 梅弄影　⑩ 早梅芳　⑪ 腊梅香

六、"亭台楼阁"填诗句

中国出名的亭台楼阁有很多，请你将它们的名称填入方框中，组成完整的诗句。

① □□□西百尺樯，汀洲云树共茫茫。

② 昔人已乘黄鹤去，此地空余□□□。

③ 丝纶阁下文书静，□□□中刻漏长。

④ 寻花洞里连春醉，□□□中彻晓吟。

⑤ 晚木声酣洞庭野，晴天影抱□□□。

⑥ 重阳共醉 ☐☐☐ ，此观人间亦伟哉。

⑦ ☐☐☐ 上牡丹开，尽日凭栏望外台。

⑧ 供奉暂辞分禁路，登临先上 ☐☐☐ 。

⑨ 昔登江上 ☐☐☐ ，遥爱江中鹦鹉洲。

⑩ 欲为平生一散愁，洞庭湖上 ☐☐☐ 。

⑪ 影落三湘水，诗传 ☐☐☐ 。

⑫ ☐☐☐ 前月满川，抱关老卒饥不眠。

⑬ 未到江南先一笑，☐☐☐ 上对君山。

⑭ 自汲松江桥下水，☐☐☐ 上试新茶。

⑮ 戍兵昼守 ☐☐☐ ，驿马秋嘶孺子亭。

⑯ ☐☐☐ 上草漫漫，谁倚东风十二阑？

⑰ 日暮东风春草绿，鹧鸪飞上 ☐☐☐ 。

⑱ 日光斜照 ☐☐☐ ，红树花迎晓露开。

⑲ ☐☐☐ 空春草长，忠臣祠老燕繁梁。

◆ 答案：① 鹳雀楼 ② 黄鹤楼 ③ 钟鼓楼 ④ 望海楼 ⑤ 岳阳楼 ⑥ 滕王阁 ⑦ 蓬莱阁 ⑧ 阅江楼 ⑨ 黄鹤楼 ⑩ 岳阳楼 ⑪ 八咏楼 ⑫ 黄鹤楼 ⑬ 岳阳楼 ⑭ 垂虹亭 ⑮ 滕王阁 ⑯ 苏溪亭 ⑰ 越王台 ⑱ 集灵台 ⑲ 孺子亭

七、诗中节气

二十四节气是中国古代订立的一种用来指导农事的补充历法。下面，就让我们一起来填一填这些带"节气"的诗句吧。

① 天时人事日相催，☐☐ 阳生春又来。

② ☐☐ 阴生景渐催，百年已半亦堪哀。

③ 去年 □□ 斫秋荻，今年箔积如连山。

④ 秧风初凉近 □□ ，戴胜晓鸣桑头颠。

⑤ □□□□ 昼夜中，天上地下度数同。

⑥ □□ 浆美村村卖，□□ 茶香院院夸。

◆ 答案：① 冬至　② 夏至　③ 霜降　④ 芒种　⑤ 春分　秋分　⑥ 清明　谷雨

八、趣味别称填诗句

1. 雪有许多雅致的别称，这些别称通常都出自古代诗人的名句。下面就让我们一起来填一填吧。

① □□ 飞花入户时，坐看青竹变琼枝。

② 岷山一夜 □□ 寒，凤林千树梨花老。

③ 宫城团回凛严光，白天碎碎堕 □□ 。

④ 两岸严风吹玉树，一滩明月晒 □□ 。

⑤ □□ 飞来麦已青，更烦膏雨发欣荣。

⑥ 独往独来 □□ 地，一行一步玉沙声。

⑦ 寒雀喧喧满竹枝，惊风淅沥 □□ 飞。

◆ 答案：① 六出　② 玉龙　③ 琼芳　④ 银砂　⑤ 瑞叶　⑥ 银粟　⑦ 玉花

2. 下面古诗句中所缺的内容均为马的别称，你能填写出来吗?

① 空谷无 □□ ，贤人岂悲吟。

② 乌帽背斜晖，□□ 踏春草。

③ □□ 入穷巷，必脱黄金辔。

④ 艇子愁冲夜，□□ 怕拂晨。

⑤ 金甲耀兜鍪，黄云拂 ☐☐ 。

⑥ ☐☐ 志千里，鹪鹩巢一枝。

⑦ 烈士叹暮年，☐☐ 悲伏枥。

⑧ 羞渡乌江依故老，竟乘 ☐☐ 泣娇娥。

⑨ 良人玉勒乘 ☐☐ ，侍女金盘脍鲤鱼。

⑩ 柳边犹忆 ☐☐ 影，坟上俄生碧草烟。

⑪ ☐☐ 跨去没四蹄，飘花凌乱沾人衣。

◆ 答案：① 白驹 ② 青骊 ③ 骅骝 ④ 骊驹 ⑤ 紫骝 ⑥ 骐骥 ⑦ 老骥 ⑧ 乌骓 ⑨ 骢马 ⑩ 青骢 ⑪ 小驹

3. 正月和正月初一是农历新年的开端，也有很多雅致的别称。请读一读下面的诗句，试着填一填其中所缺少的部分。

① ☐☐ 未入春，风气已稍和。

② ☐☐ 已强半，连阴凝不开。

③ 献岁视 ☐☐ ，万方咸在庭。

④ 惟新兹 ☐☐ ，倾祝乃祈年。

⑤ 蚕缕茜香浓，☐☐ 缠左臂。

⑥ 太极生天地，☐☐ 更废兴。

⑦ ☐☐ 元朝使，龙荒万里来。

⑧ 田家重 ☐☐ ，置酒会邻里。

◆ 答案：① 岁首 ② 新正 ③ 元朔 ④ 首祚 ⑤ 正朝 ⑥ 三元 ⑦ 岁朝 ⑧ 元日

4. 农历二月有很多别称，下面诗句中所缺内容即为其中的一部分，你能填写出来吗？

① 江皋已 ☐☐ ，花下复清晨。

② 镜湖水 ☐☐ ，耶溪女似雪。

③ 更怜 ☐☐ 夜，宫女笑藏钩。

④ 老枝病叶愁杀人，曾经大业年 ☐☐ 。

⑤ 忍 ☐☐ 被恶物食，枉于汝口插齿牙。

⑥ 劳劳胡燕怨 ☐☐ ，薇帐逗烟生绿尘。

⑦ ☐☐ 送君从此去，瓜时须及邵平田。

◆ 答案：① 仲春　② 如月　③ 花月　④ 中春　⑤ 今月　⑥ 酣春　⑦ 仲月

5. 农历十二月为农历一年中的最后一个月。它有很多别称，下面诗中所缺即为其中的一部分，你能填写出来吗?

① 曾城填华屋， ☐☐ 树木苍。

② ☐☐ 与鬼神，别未有人知。

③ 留我遇 ☐☐ ，身心苦恬寂。

④ 拂拭交 ☐☐ ，光辉何清圆。

⑤ 忽见 ☐☐ 尽，方知列宿春。

⑥ 高唐 ☐☐ 雪壮哉，旧瘴无复似尘埃。

⑦ 肠断关山不解说，依依 ☐☐ 下帘钩。

⑧ 霜 ☐☐ 苦欲明天，忽忆闲居思浩然。

⑨ 今朝 ☐☐ 春意动，云安县前江可怜。

◆ 答案：① 季冬　② 除月　③ 残冬　④ 冰月　⑤ 严冬　⑥ 暮冬　⑦ 残月　⑧ 严月
⑨ 腊月

九、读古诗，填童趣

古诗中有许多描写儿童的作品，读来妙趣横生。下面就让我们填一填这些童趣吧。

① 儿童散学归来早，忙趁东风 □ □ □ 。

② 牧童归去 □ □ □ ，短笛无腔信口吹。

③ 笑看儿童 □ □ □ ，醉携宾客上仙舟。

④ 儿童急走 □ □ □ ，飞入菜花无处寻。

⑤ 蓬头稚子 □ □ □ ，侧坐莓苔草映身。

⑥ 童孙未解供耕织，也傍桑阴 □ □ □ 。

⑦ 日长睡起无情思，闲看儿童 □ □ □ 。

⑧ 绕池闲步看鱼游，正值儿童 □ □ □ 。

◆ 答案：①放纸鸢 ②横牛背 ③骑竹马 ④追黄蝶 ⑤学垂纶 ⑥学种瓜 ⑦捉柳花 ⑧弄钓舟

十、读古诗，填农具

一年之计在于春，春天是播种的季节。春种秋收离不开农具，请在下面诗句的方框中填入相关的农具吧。

① 纵有健妇把 □ □ ，禾生陇亩无东西。

② 不踏 □ □ 朝复暮，但愿皇天雨即休。

③ 出从父老观 □ □ ，归伴儿童放纸鸢。

④ □ □ 轻敲似远砧，小鬟三五夜深深。

⑤ 笑歌声里轻雷动，一夜 □□ 响到明。

⑥ 磨 □ 霍霍割上场，妇子打晒田家忙。

◆ 答案：① 锄犁 ② 翻车 ③ 秧马 ④ 杵臼 ⑤ 连枷 ⑥ 镰

十一、"春回大地"填词牌

请在方框中填入带有"春"字的词牌名，使每一行前后四个字各为一条成语。

① 阿谀逢 □□□ 回来去

② 日进斗 □□□ 暖花开

③ 朝飞暮 □□□ 空如也

④ 妙手回 □□□ 瓦朱檐

⑤ 有脚阳 □□□ 瞬之间

⑥ 以直报 □□□ 和日丽

⑦ 指槐骂 □□□ 满人间

⑧ 寸阴可 □□□ 出如山

⑨ 弃之可 □□□ 兰秋菊

⑩ 鳌头独 □□□ 草鲜美

⑪ 说东道 □□□ 寒料峭

⑫ 充闾之 □□□ 隐时现

⑬ 螽斯衍 □□□ 月不居

⑭ 先号后 □□□ 披后世

⑮ 一人有 □□□ 文大义

⑯ 羊肠九 □□□ 秋笔法

⑰ 纸贵洛 ☐☐☐ 径通幽

⑱ 引首以 ☐☐☐ 天转日

⑲ 欢欢喜 ☐☐☐ 来去去

⑳ 杯水之 ☐☐☐ 风沂水

◆ 答案：① 迎春来　② 金明春　③ 卷春空　④ 春草碧　⑤ 春莺转　⑥ 怨春风　⑦ 柳梢春　⑧ 惜春令　⑨ 惜花春　⑩ 占春芳　⑪ 西湖春　⑫ 庆春时　⑬ 庆春岁　⑭ 庆春泽　⑮ 庆春深　⑯ 曲游春　⑰ 阳春曲　⑱ 望春回　⑲ 喜春来　⑳ 谢池春

十二、山川名称填诗句

1. 我们国家有很多名山大川，请在方框中填上山名、江河名。

① 不识 ☐☐ 真面目，只缘身在此山中。

② 但使龙城飞将在，不教胡马度 ☐☐ 。

③ 君问归期未有期，☐☐ 夜雨涨秋池。

④ 京口瓜洲一水间，☐☐ 只隔数重山。

⑤ 好为 ☐☐ 谣，兴因 ☐☐ 发。

⑥ ☐☐ 山下路，孤竹节长存。

⑦ 莽苍 ☐☐ 水，黄昏见塞花。

⑧ 驱马陟 ☐☐ ，山高马不前。

⑨ 往问 ☐☐ 候，劲虏在燕然。

⑩ 我所思兮在 ☐☐ 。欲往从之梁父艰，侧身东望涕沾翰。

⑪ 孤帆远影碧空尽，唯见 ☐☐ 天际流。

⑫ ☐☐☐ 边是谁家，江上女儿全胜花。

⑬ 白帝城头春草生，白盐山下 ☐☐ 清。

⑭ 无数 ☐☐ 筏，鸣桡总发时。

⑮ 少陵野老吞生哭，春日潜行 ☐☐ 曲。

◆ 答案：① 庐山　② 阴山　③ 巴山　④ 钟山　⑤ 庐山　庐山　⑥ 首阳　⑦ 凌江　⑧ 阴山　⑨ 阴山　⑩ 太山　⑪ 长江　⑫ 钱塘江　⑬ 蜀江　⑭ 涪江　⑮ 曲江

2. 长江是我国第一大河，它有很多支流，下面诗中所缺的即为其中的一部分，你能填写出来吗？

① 岘山临 ☐☐ ，水渌沙如雪。

② 唯有 ☐☐ 水，悠悠带月寒。

③ 催榜渡 ☐☐ ，神骓泣向风。

④ 绵谷元通汉，☐☐ 不向秦。

⑤ 到乡同学辈，应到 ☐☐ 迎。

⑥ 婵娟 ☐☐ 月，千载空蛾眉。

⑦ ☐☐☐ 色何所似，石黛碧玉相因依。

⑧ ☐☐ 流水到辰阳，溪口逢君驿路长。

◆ 答案：① 汉江　② 岷江　③ 乌江　④ 沱江　⑤ 赣江　⑥ 湘江　⑦ 嘉陵江　⑧ 沅江

十三、缤纷色彩填诗句

在方框中填上表示色彩的字词。

① 眠琴 ☐ 阴，上有飞瀑。

② ☐ 发三千丈，缘愁似个长。

③ 出门搔 ☐ 首，若负平生志。

④ 发为思乡 ☐ ，形因泣泪枯。

⑤ 头 □ 古所同，胡为坐烦忧？

⑥ 山路元无雨，空 □ 湿人衣。

⑦ 萍 □ 兮水澈，叶落兮林稀。

⑧ 狂来欲起舞，渐见 □ 髭须。

⑨ 一畦春韭 □ ，十里稻花香。

⑩ 须臾静扫众峰出，仰见突兀撑 □ 空。

⑪ 蛮娘吟弄满寒空，九山静 □ 泪花 □ 。

⑫ 云来气接巫峡长，月出寒通雪山 □ 。

⑬ 丹 □ 不知老将至，富贵于我如浮云。

⑭ 我有迷魂招不得，雄鸡一声天下 □ 。

⑮ □ 鸟不传云外信，丁香空结雨中愁。

⑯ 别君去兮何时还？且放 □ 鹿 □ 崖间，须行即骑访名山。

⑰ 泪眼问花花不语，乱 □ 飞过秋千去。

⑱ 起来香腮褪 □ 玉，花时爱与愁相续。

⑲ 闲来写就 □ 山卖，不使人间造孽钱。

⑳ 春去也，飞 □ 万点愁如海。

㉑ 知否？知否？应是 □ 肥 □ 瘦。

㉒ 满地 □ 花堆积，憔悴损，如今有谁堪摘？

㉓ 愁蛾浅，飞 □ 零乱，侧卧珠帘卷。

㉔ 轻舟短棹西湖好，□ 水逶迤，芳草长堤。

◆ 答案：①绿 ②白 ③白 ④白 ⑤白 ⑥翠 ⑦青 ⑧白 ⑨绿 ⑩青 ⑪绿 红 ⑫白 ⑬青 ⑭白 ⑮青 ⑯白 青 ⑰红 ⑱红 ⑲青 ⑳红 ㉑绿 红 ㉒黄 ㉓红 ㉔绿

十四、饮食名称填诗句

1. 在方框中填上表示食物的字词。

① 畦 ☐ 绕茅屋，自足媚盘餐。

② 夜雨剪春 ☐ ，新炊间 ☐ ☐ 。

③ 床头一壶 ☐ ，能更几回眠?

④ 鲜肥属时禁， ☐ ☐ 幸见尝。

⑤ 时挑 ☐ ☐ 和根煮，旋斫生柴带叶烧。

⑥ ☐ ☐ 盂 ☐ 祝瓯窭，一饱人间百事休。

⑦ 明朝相对泪滂沱， ☐ ☐ 丝税将奈何?

⑧ 悠悠迷所留， ☐ 中有深味。

◆ 答案：① 蔬 ② 韭 黄粱 ③ 酒 ④ 蔬果 ⑤ 野菜 ⑥ 蹄豚 酒 ⑦ 米粮 ⑧ 酒

2. 在方框中填上表示水果的字词。

① 园有 ☐ ，其实之肴。

② ☐ 之夭夭，灼灼其华。

③ ☐ 之夭夭，有蕡其实。

④ ☐ 之夭夭，其叶蓁蓁。

⑤ 江南有丹 ☐ ，经冬犹绿林。

⑥ 徒言树 ☐ ☐ ，此木岂无阴?

⑦ 路旁时卖故侯 ☐ ，门前学种先生柳。

⑧ 曾是寂寥金烬暗，断无消息 ☐ ☐ 红。

⑨ ☐ ☐ 时节家家雨，青草池塘处处蛙。

⑩ ☐ ☐ 黄时日日晴，小溪泛尽却山行。

⑪ 乳鸭池塘水浅深，熟 ☐ 天气半晴阴。

⑫ 滨溪竹伴老梅丛，一种风姿与 ☐ 同。

⑬ ☐ ☐ 金黄 ☐ ☐ 肥，麦花雪白菜花稀。

⑭ 流光容易把人抛，红了 ☐ ☐ ，绿了 ☐ ☐ 。

⑮ ☐ 园子弟散如烟，女乐余姿映寒日。

◆ 答案：①桃 ②桃 ③桃 ④桃 ⑤橘 ⑥桃李 ⑦瓜 ⑧石榴 ⑨黄梅 ⑩梅子 ⑪梅 ⑫杏 ⑬梅子 杏子 ⑭樱桃 芭蕉 ⑮梨

十五、气味词语填诗句

请在方框中填上表示气味的字词。

① 迟日江山丽，春风花草 ☐ 。

② 告归常局促，☐ 道来不易。

③ 言多令事败，器漏 ☐ 不密。

④ 莲 ☐ 隔浦渡，荷叶满江鲜。

⑤ 拂窗桐叶下，绕舍稻花 ☐ 。

⑥ 肴 ☐ 炙亦熟，只有空樽忧。

⑦ 一畦春韭绿，十里稻花 ☐ 。

⑧ 罗帷送上七 ☐ 车，宝扇迎归九华帐。

⑨ ☐ 杀柑花麝不如，晚窗重理读残书。

⑩ 味作 ☐ 而若一，虽 ☐ ☐ 兮谁谓尔为良？

⑪ 起来 ☐ 腮褪红玉，花时爱与愁相续。

⑫ ☐ 囊未解，勋业故优游。

⑬ 穷通前定，何用 ☐ 张罗？

⑭ 似而今、元龙□味，孟公瓜葛。

⑮ 来相召、□车宝马，谢他酒朋诗侣。

◆ 答案：①香 ②苦 ③苦 ④香 ⑤香 ⑥香 ⑦香 ⑧香 ⑨香 ⑩咸 甘淡 ⑪香 ⑫香 ⑬苦 ⑭臭 ⑮香

十六、家居物品填诗句

请在方框中填上表示家居用品的字词。

① 开我东阁□，坐我西阁□。

② 春风不相识，何事入□□？

③ □头一壶酒，能更几回眠？

④ □□不可见，□□空余香。

⑤ □殿郁崔嵬，仙游实壮哉。

⑥ 望君烟水阔，挥手泪沾□。

⑦ 眉翠薄，鬓云残，夜长□□寒。

⑧ 肥马轻□还且有，粗歌薄酒亦相随。

⑨ 公子王孙逐后尘，绿珠垂泪滴□□。

⑩ 衣汗稍停□上□，茶香时拨涧中泉。

⑪ □裁月魄羞难掩，车走雷声语未通。

⑫ □□送上七香车，宝□迎归九华□。

⑬ 散入□□湿罗幕，狐□不暖锦□薄。

⑭ 明朝且作山中行，青□已觉白云生。

⑮ 条破惊新绿，重□下遍阑干曲。

⑯ 人生若只如初见，何事秋风悲□□。

◆ 答案：① 门　床　② 罗帏　③ 床　④ 巾栉　枕席　⑤ 帐　⑥ 巾　⑦ 衾枕　⑧ 裘
⑨ 罗巾　⑩ 床　扇　⑪ 扇　⑫ 罗帷　扇　帐　⑬ 珠帘　裘　衾　⑭ 鞋　⑮ 帘　⑯ 画扇

十七、地名填诗句

1. 请在方框中填上表示地名的字词。

① 长相思，在 ☐☐ 。

② 郎如 ☐☐ 花，妾似 ☐☐ 柳。

③ ☐☐ 瘴疠地，逐客无消息。

④ ☐☐ 度寒食，☐☐ 缝春衣。

⑤ 置酒 ☐☐ 道，同心与我违。

⑥ 秋色从西来，苍然满 ☐☐ 。

⑦ 我所思兮在 ☐☐ 。欲往从之湘水深，侧身南望涕沾襟。

⑧ 我所思兮在 ☐☐ 。欲往从之陇阪长，侧身西望涕沾裳。

⑨ 我所思兮在 ☐☐ 。欲往从之雪纷纷，侧身北望涕沾巾。

⑩ ☐☐ 反覆不足怪，关中小儿坏纪纲。

⑪ 羌笛何须怨杨柳，春风不度 ☐☐☐ 。

⑫ ☐☐ 醉别十余春，重见云英掌上身。

⑬ ☐☐☐ 头春草生，☐☐☐ 下蜀江清。

⑭ ☐☐ 城外寒山寺，夜半钟声到客船。

⑮ 凉月如眉挂 ☐☐ ，☐☐ 山色镜中看。

⑯ ☐☐ 春好雪初晴，才到 ☐☐ 马足轻。

⑰ 暖风熏得游人醉，直把 ☐☐ 作 ☐☐ 。

⑱ 箫鼓动，☐☐ 弄，思悲翁。

⑲ 若到 ☐☐ 赶上春，千万和春住。

⑳ □□柳垂官路，有轻盈换马，端正窥户。

◆ 答案：① 长安 ② 洛阳　武昌 ③ 江南 ④ 江淮　京洛 ⑤ 长安 ⑥ 关中 ⑦ 桂林 ⑧ 汉阳 ⑨ 雁门 ⑩ 郢城 ⑪ 玉门关 ⑫ 钟陵 ⑬ 白帝城　白盐山 ⑭ 姑苏 ⑮ 柳湾　越中 ⑯ 济南　龙山 ⑰ 杭州　汴州 ⑱ 渔阳 ⑲ 江南 ⑳ 扬州

2. 下列诗句描写的是哪处名胜？它属于哪个省区？请分别填在方框和括号内。

① □□□水深千尺，不及汪伦送我情。（　）

② 不识□□真面目，只缘身在此山中。（　）

③ 京口瓜洲一水间，□□只隔数重山。（　）

④ 劝君更尽一杯酒，西出□□无故人。（　）

⑤ 朝辞□□彩云间，千里江陵一日还。（　）

⑥ 姑苏城外□□□，夜半钟声到客船。（　）

⑦ 即从□□穿巫峡，便下襄阳向洛阳。（　）

⑧ 羌笛何须怨杨柳，春风不度□□□。（　）

⑨ 故人西辞□□□，烟花三月下扬州。（　）

⑩ 欲把□□比西子，淡妆浓抹总相宜。（　）

◆ 答案：① 桃花潭　安徽 ② 庐山　江西 ③ 钟山　江苏 ④ 阳关　甘肃 ⑤ 白帝　重庆 ⑥ 寒山寺　江苏 ⑦ 巴峡　重庆 ⑧ 玉门关　甘肃 ⑨ 黄鹤楼　湖北 ⑩ 西湖　浙江

十八、人名填诗句

请在方框中填上人名。

① 招集百夫良，岁暮得□□。

② 艳色天下重，☐☐宁久微。

③ ☐☐既弃吴江上，☐☐终投湘水滨。

④ 闲窥石镜清我心，☐☐行处苍苔没。

⑤ 茂陵☐☐秋风客，夜闻马嘶晓无迹。

⑥ 筠竹千年老不死，长伴☐☐盖湘水。

⑦ ☐☐☐画欲通神，忍为黄金不为人。

⑧ ☐☐城中鼓三下，秦家天地如崩瓦。

⑨ ☐☐庙中多白浪，☐☐台畔少晴烟。

⑩ 春风倚棹☐☐城，水国春寒阴复晴。

⑪ ☐☐已恨蓬山远，更隔蓬山一万重。

⑫ 眉眼细，鬓云垂，惟有多情☐☐知。

⑬ 君不见☐☐☐，千古沉冤湘水滨。

⑭ 又不见☐☐☐，一朝却作江南客。

⑮ 看☐☐、风流酷似，☐☐☐☐。

◆ 答案：① 荆卿 ② 西施 ③ 子胥 屈原 ④ 谢公 ⑤ 刘郎 ⑥ 秦娥 ⑦ 毛延寿 ⑧ 陈胜 ⑨ 伍相 越王 ⑩ 阖闾 ⑪ 刘郎 ⑫ 宋玉 ⑬ 楚灵均 ⑭ 李太白 ⑮ 渊明 卧龙诸葛

十九、称呼填诗句

请在方框中填上表示家人、亲属称呼的字词。

① 害浣害否，归宁☐☐。

② ☐氏圣善，我无令人。

③ 悠悠昊天，曰☐☐且。

④ 戚戚 □ □ ，莫远具尔。

⑤ 头白 □ □ 分无子，谁令兰梦感衰翁。

⑥ 处分适 □ 意，那得自任专？

⑦ 里中有啼 □ ，似类亲 □ □ 。

⑧ 无为在歧路，□ □ 共沾巾。

⑨ 关中昔丧败，□ □ 遭杀戮。

⑩ 昔别君未婚，□ □ 忽成行。

⑪ 怡然敬 □ 执，问我来何方。

⑫ 问答乃未已，驱 □ 罗酒浆。

⑬ 衣裳 □ □ 线，亦恐汝归迟。

⑭ 车马到春常借问，□ □ 因选暂归来。

⑮ 诚知此恨人人有，贫贱 □ □ 百事哀。

◆ 答案：① 父母　② 母　③ 父母　④ 兄弟　⑤ 夫妻　⑥ 兄　⑦ 儿　父子　⑧ 儿女
⑨ 兄弟　⑩ 儿女　⑪ 父　⑫ 儿　⑬ 慈母　⑭ 子孙　⑮ 夫妻

二十、身体部位填诗词

请在方框中填上表示身体部位的字词。

① 长相思，摧 □ □ ！

② □ □ 洞，□ □ 耸。

③ 看试 □ ，补天裂。

④ 蛇蛇硕言，出自 □ 矣。

⑤ 举 □ 望明月，低 □ 思故乡。

⑥ 仙人如爱我，举 □ 来相招。

⑦ 池开照 □ 镜，林吐破颜花。

⑧ 香雾云鬟湿，清辉玉 □ 寒。

⑨ □ 上倭堕髻， □ 中明月珠。

⑩ 缁尘空满 □ ，终日到征衣。

⑪ □ □ 视春草，畏向玉阶生。

⑫ 城中争拥 □ ，欲学不能就。

⑬ 戮力共厮杀，枭取可汗 □ 。

⑭ 身瘦带频减， □ 稀冠自偏。

⑮ 索居易永久，离群难处 □ 。

⑯ 悴容唯 □ 在，别恨几魂销。

⑰ 夸谈快愤懑，情愫发烦 □ 。

⑱ 散 □ 乘夕凉，开轩卧闲敞。

⑲ 家田输税尽，拾此充饥 □ 。

⑳ □ 断未忍扫， □ 穿仍欲归。

㉑ □ 上何所有？翠微盍叶垂 □ □ 。

㉒ □ 焦 □ 燥呼不得，归来倚杖自叹息。

㉓ 随富随贫且欢乐，不开 □ 笑是痴人。

㉔ 良相 □ 上进贤冠，猛将 □ 间大羽箭。

㉕ □ 非木石岂无感？吞声踯躅不敢言。

㉖ 中有一人字太真，雪 □ 花貌参差是。

㉗ 车辚辚，马萧萧，行人弓箭各在 □ 。

㉘ □ 悬相印作都统，阴风惨淡天王旗。

㉙ □ □ 论交岁月长，岂其率意忽颠狂？

㉚ 耸两吟 ☐ 似我愁，菰蒲叶下一身秋。

㉛ 威容难画改频频，☐☐ 分毫恐不真。

㉜ ☐ 短 ☐ 长 ☐ 有棱，病容突兀怪于僧。

㉝ ☐ 断，☐ 断，鹧鸪夜飞失伴。

㉞ 土洞安眠稳坐，松岩 ☐ 静 ☐ 清。

㉟ 小山重叠金明灭，☐ 云欲度香 ☐ 雪。

㊱ 身似浮云，☐ 如飞絮，气若游丝。

㊲ ☐ 欲破，☐ 欲腐，风光满天已不暮。

㊳ 休去倚危栏，斜阳正在、烟柳断 ☐ 处。

◆ 答案：① 心肝　② 肝胆　毛发　③ 手　④ 口　⑤ 头　头　⑥ 手　⑦ 胆　⑧ 臂
⑨ 头　耳　⑩ 眼　⑪ 心心　⑫ 鼻　⑬ 头　⑭ 发　⑮ 心　⑯ 舌　⑰ 心　⑱ 发　⑲ 肠
⑳ 肠　眼　㉑ 头　鬓唇　㉒ 唇　口　㉓ 口　㉔ 头　腰　㉕ 心　㉖ 肤　㉗ 腰　㉘ 腰
㉙ 唇齿　㉚ 肩　㉛ 眉目　㉜ 发　髻　眉　㉝ 肠　肠　㉞ 耳　心　㉟ 鬓　腮　㊱ 心
㊲ 喉　肠　㊳ 肠

二十一、兵器名称填诗句

请在方框中填上表示兵器的字词。

① 图尽擢 ☐☐，长驱西入秦。

② 林暗草惊风，将军夜引 ☐。

③ 欲将轻骑逐，大雪满 ☐☐。

④ 饮马渡秋水，水寒风似 ☐。

⑤ 带长 ☐ 兮挟秦 ☐，首身离兮心不惩。

⑥ 良相头上进贤冠，猛将腰间大羽 ☐。

⑦ ☐☐ 未定欲何之，一事无成两鬓丝。

⑧ 愁闻 ☐☐ 扶危主，闷听笙歌聒醉人。

⑨ 陇头十月天雨霜，壮士夜挽绿沉 ☐。

⑩ 红旗卷起农奴 ☐，黑手高悬霸主 ☐。

⑪ 飒爽英姿五尺 ☐，曙光初照演兵场。

⑫ 金猴奋起千钧 ☐，玉宇澄清万里埃。

◆ 答案：① 匕首 ② 弓 ③ 弓刀 ④ 刀 ⑤ 剑 弓 ⑥ 箭 ⑦ 干戈 ⑧ 剑戟 ⑨ 枪 ⑩ 戟 鞭 ⑪ 枪 ⑫ 棒

二十二、乐器名称填诗句

请在方框中填上表示乐器的字词。

① 雪暗凋旗画，风多杂 ☐ 声。

② 邻钟唤我觉，咽咽闻城 ☐。

③ 鸣 ☐ 金粟柱，素手玉房前。

④ 喧然名都会，吹 ☐ 间 ☐☐。

⑤ ☐☐ 何须怨杨柳，春风不度玉门关。

⑥ 凉州七里十万家，胡人半解弹 ☐☐。

⑦ 上将拥旄西出征，平明吹 ☐ 大军行。

⑧ 丝纶阁下文书静，☐☐ 楼中刻漏长。

⑨ 今为 ☐☐ 出塞声，使我三军泪如雨。

⑩ 铜 ☐ 韵脆锵寒竹，新声慢奏移纤玉。

⑪ ☐☐ 不闻非耳聋，形器不涉非无踪。

⑫ 愁闻剑戟扶危主，闷听 ☐ 歌聒醉人。

⑬ 浊酒一杯家万里，燕然未勒归无计，☐☐ 悠悠霜满地。

⑭ 真无奈，倩声声邻□，谱出回肠。

⑮ 霜晨月，马蹄声碎，□□声咽。

◆ 答案：① 鼓　② 笳　③ 筝　④ 箫　笙簧　⑤ 羌笛　⑥ 琵琶　⑦ 笛　⑧ 钟鼓　⑨ 羌笛　⑩ 簧　⑪ 簧鼓　⑫ 笙　⑬ 羌管　⑭ 笛　⑮ 喇叭

二十三、朝代、国名填诗句

请在方框中填上表示中国古代朝代、国名的字词。

① 图尽擢匕首，长驱西入□。

② 芳树笼□栈，春流绕□城。

③ □草如碧丝，□桑低绿枝。

④ 没雁云横□，兼蝉柳夹河。

⑤ 前年伐□□，城下没全师。

⑥ 辰阳隔江渚，空些□词哀。

⑦ 情随湘水远，梦绕□峰翠。

⑧ □瑟初停凤凰柱，□琴欲奏鸳鸯弦。

⑨ 子胥既弃□江上，屈原终投湘水滨。

⑩ 就中云幕椒房亲，赐名大国□与□。

⑪ □时明月□时关，万里长征人未还。

⑫ 寒雨连江夜入□，平明送客□山孤。

⑬ 凉月如眉挂柳湾，□中山色镜中看。

⑭ 陈胜城中鼓三下，□家天地如崩瓦。

⑮ □箨（tuò）并刀社雨前，掇红接紫自年年。

⑯ 回首绿波三□暮，接天流。

⑰ 伤心 ☐☐ 经行处，宫阙万间都做了土。

⑱ 邈 ☐☐，远 ☐☐，卷宗 ☐，入暴 ☐，争雄七国相兼并。

⑲ 文章两 ☐ 空陈迹，金粉 ☐☐ 总废尘，☐☐☐☐☐ 慌忙尽。

◆ 答案：① 秦 ② 秦 蜀 ③ 燕 秦 ④ 楚 ⑤ 月支 ⑥ 楚 ⑦ 吴 ⑧ 赵 蜀 ⑨ 吴 ⑩ 虢 秦 ⑪ 秦 汉 ⑫ 吴 楚 ⑬ 越 ⑭ 秦 ⑮ 楚 ⑯ 楚 ⑰ 秦汉 ⑱ 唐虞 夏殷 周 秦 ⑲ 汉 南朝 李唐赵宋

二十四、叠字填诗句

请在方框中填上叠字，把诗词补充完整。

① 高山 ☐☐，河水 ☐☐。

② ☐☐ 相覆盖，☐☐ 相交通。

③ ☐☐ 秋夜长，☐☐ 北风凉。

④ ☐☐ 日照溪，☐☐ 云去岭。

⑤ 临行 ☐☐ 缝，意恐 ☐☐ 归。

⑥ 期 ☐☐ 不至，人月两 ☐☐。

⑦ ☐☐ 竹林寺，☐☐ 钟声晚。

⑧ 霄烟近 ☐☐，暗浪远 ☐☐。

⑨ ☐☐ 阴虫叫，☐☐ 寒雁来。

⑩ 晴川 ☐☐ 汉阳树，芳草 ☐☐ 鹦鹉洲。

⑪ 留连戏蝶 ☐☐ 舞，自在娇莺 ☐☐ 啼。

⑫ ☐☐ 钟鼓初长夜，☐☐ 星河欲曙天。

⑬ ☐☐ 子落长江水，☐☐ 巢边旧处栖。

⑭ ☐☐☐☐ 绕篱竹，☐☐☐☐ 向阳屋。

⑮ ☐☐ 数点雨犹落, ☐☐ 一声雷不惊。

⑯ 寻寻觅觅, ☐☐☐☐, ☐☐☐☐☐☐☐。

◆ 答案：① 峨峨 决决 ② 枝枝 叶叶 ③ 漫漫 烈烈 ④ 决决 团团 ⑤ 密密
迟迟 ⑥ 君君 悠悠 ⑦ 苍苍 杳杳 ⑧ 漠漠 滔滔 ⑨ 咽咽 萧萧 ⑩ 历历 萋萋
⑪ 时时 恰恰 ⑫ 迟迟 耿耿 ⑬ 频频 夜夜 ⑭ 稀稀疏疏 窄窄狭狭 ⑮ 时时 隐隐
⑯ 冷冷清清 凄凄惨惨戚戚

二十五、方位词填诗句

请在方框中填上表示方位的字词。

① 山光忽☐落, 池月渐☐☐。

② 枝☐三分落, 园☐二寸深。

③ 敞朗☐方彻, 阑干☐斗斜。

④ 声喧乱石☐, 色静深松☐。

⑤ 丝☐传意绪, 花☐寄春情。

⑥ 子去☐堂上, 我归☐涧滨。

⑦ 风连☐极动, 月过☐庭寒。

⑧ 宫☐圣人奏云门, 天☐朋友皆胶漆。

⑨ 支离☐☐风尘际, 漂泊☐☐天地间。

⑩ 丝纶阁☐文章静, 钟鼓楼☐刻漏长。

⑪ 空流杜宇声☐血, 半脱骊龙颔☐须。

⑫ 头☐花枝照酒卮, 酒卮☐有好花枝。

⑬ 坛☐古松疑度世, 观☐幽鸟恐成仙。

⑭ 清风明月无人管, 并作☐楼一味凉。

⑮ 痴儿了却公家事，快阁 ☐ ☐ 倚晚晴。

⑯ 霜侵雨打寻常事，仿佛终 ☐ 石 ☐ 藤。

⑰ 兮水 ☐ ☐ 胥济运，古人相土有良模。

⑱ 试问 ☐ 风谁第一，先到人家。

⑲ 白白与红红，别是 ☐ 风情味。

⑳ 叠嶂 ☐ 驰，万马回旋，众山欲 ☐ 。

◆ 答案：① 西 东上 ② 上 中 ③ 东 北 ④ 中 里 ⑤ 中 里 ⑥ 东 南 ⑦ 西 北 ⑧ 中 下 ⑨ 东北 西南 ⑩ 下 中 ⑪ 中 下 ⑫ 上 中 ⑬ 上 中 ⑭ 南 ⑮ 东西 ⑯ 南 里 ⑰ 北南 ⑱ 东 ⑲ 东 ⑳ 西 东

二十六、反义词填诗句

请在方框中填上反义词，把诗词补充完整。

① 行路难，归 ☐ ☐ ！

② 千秋万岁后，谁知 ☐ 与 ☐ ？

③ 何处是归程？ ☐ 亭更 ☐ 亭。

④ 在山泉水 ☐ ，出山泉水 ☐ 。

⑤ ☐ 别已吞声， ☐ 别常恻恻。

⑥ ☐ 当作人杰， ☐ 亦为鬼雄。

⑦ ☐ 兔脚扑朔， ☐ 兔眼迷离。

⑧ 离离原上草，一岁一 ☐ ☐ 。

⑨ 量 ☐ 以为 ☐ ， ☐ 足 ☐ 亦安。

⑩ 语 ☐ 有 ☐ 悲，论 ☐ 无 ☐ 喜。

⑪ 觉 ☐ 春已 ☐ ，一片池塘好。

⑫ 霞明□□浪，风卷□□云。

⑬ 归山□□去，须尽丘壑美。

⑭ □波真古井，□节是秋筠。

⑮ 均鸠得巢□，躁蟹寄身□。

⑯ 惩□欲劝□，扶□先锄□。

⑰ 路曼曼其修远兮，吾将□□而求索。

⑱ 叛陆离其□□兮，游惊雾之流波。

⑲ 自□自□堂上燕，相亲相近水中鸥。

⑳ □乏黄金枉图画，□留青冢使人嗟。

㉑ 许送自身归华岳，待来□□拂瓶盂。

㉒ □是空言□绝踪，月斜楼上五更钟。

㉓ 年来数出觅风光，亦不全□亦不□。

㉔ 吞金食气先从□，悟理归真便入□。

㉕ 谁人得及庄居老，免被□□□□惊。

㉖ 酒盈樽，云满屋，不见人间□□。

㉗ □□千载知谁是，满眼蓬蒿共一丘。

㉘ 人□自古谁无□，留取丹心照汗青。

㉙ 清风两袖朝天去，免得闾阎话□□。

㉚ □处种菱□种稻，不□不□种荷花。

㉛ 无可奈何花落□，似曾相识燕归□。

㉜ 数点雨声风约住，朦胧淡月云□□。

㉝ 消息半□□，今夜相思几许？

㉞ 迟日催花，淡云阁雨，轻□轻□。

㉟ □□□□总无情，一任阶前，点滴到天明。

◆答案：①去来 ②荣辱 ③长短 ④清浊 ⑤死生 ⑥生死 ⑦雄雌
⑧枯荣 ⑨入出上下 ⑩昔故今新 ⑪来去 ⑫深浅去来 ⑬深浅
⑭无有 ⑮易难 ⑯恶善弱强 ⑰上下 ⑱上下 ⑲去来 ⑳生死
㉑朝暮 ㉒来去 ㉓闲忙 ㉔有无 ㉕荣枯宠辱 ㉖荣辱 ㉗贤愚 ㉘生死
㉙短长 ㉚深浅深浅 ㉛去来 ㉜来去 ㉝浮沉 ㉞寒暖 ㉟悲欢离合

第 2 章

诗词图表填空

诗词图表填空是以诗句为载体的填字游戏，主要由两大部分构成：一是由表格组成的不同形式的图案，每句诗的第一个空格里标明了序号和首字；二是提示文字，包括横向、纵向诗句的标题、作者及其年代，以及无序排列的部分诗句中的文字。读者可以通过这些提示，利用自己的诗词储备，并发散思维，填出所有的空格，使之无论横向读还是纵向读，都能成为一句诗词。

1

1 白			A 千			2 王			B 可	
3 自			莺					4 照	无	
5 C 白			绿			6 D 只			山	
		7 红			清				E 络	
8 有								F 何		
						9 乾		日		浮
10 家										

诗句提示

横向题目

1.《秋浦歌》唐·李白

2.《山居秋暝》唐·王维

3.《江畔独步寻花·其六》唐·杜甫

4.《水调歌头》宋·苏轼

5.《咏鹅》唐·骆宾王

6.《寻隐者不遇》唐·贾岛

7.《咏鹅》唐·骆宾王

8.《卜算子·黄州定慧院寓居作》宋·苏轼

9.《登岳阳楼》唐·杜甫

10.《十五从军征》汉乐府

纵向题目

A.《江南春》唐·杜牧

B.《菩萨蛮·书江西造口壁》宋·辛弃疾

C.《山行》唐·杜牧

D.《墨梅》元·王冕

E.《孔雀东南飞》汉乐府

F.《苏幕遮》宋·周邦彦

答　案

1. 白发三千丈　2. 王孙自可留　3. 自在娇莺恰恰啼　4. 照无眠　5. 白毛浮绿水　6. 只在此山中　7. 红掌拨清波　8. 有恨无人省　9. 乾坤日夜浮　10. 家中有阿谁

A. 千里莺啼绿映红　B. 可怜无数山　C. 白云生处有人家　D. 只留清气满乾坤　E. 络绎如浮云　F. 何日去

2

1 鱼				A 东					B 行
				2 边			C 江		路
3 食		D 鱼							
					4 则		可		
5 鱼		莲		西					E 舍
					6 鱼		莲		南
7 谈		间							
					8 鱼				北
9 明				F 多					
				10 病					春
11 醉									

诗句提示

横向题目

1.《江南》汉乐府

2.《建炎己酉十二月五日避乱鸽湖山十绝句·其九》宋·王庭圭

3.《六州歌头》宋·辛弃疾

4.《诗经·何人斯》

5.《江南》汉乐府

6.《江南》汉乐府

7.《念奴娇·赤壁怀古》宋·苏轼

8.《江南》汉乐府

9.《明日歌》明·钱福

10.《酬乐天扬州初逢席上见赠》唐·刘禹锡

11.《与夏十二登岳阳楼》唐·李白

纵向题目

A.《竹枝词》唐·刘禹锡

B.《行路难·其一》唐·李白

C.《江南》汉乐府

D.《江南》汉乐府

E.《客至》唐·杜甫

F.《杏花天》宋·辛弃疾

答　案

1. 鱼戏莲叶东　2. 边尘复暗江南路　3. 食无鱼　4. 则不可得　5. 鱼戏莲叶西　6. 鱼戏莲叶南　7. 谈笑间　8. 鱼戏莲叶北　9. 明日何其多　10. 病树前头万木春　11. 醉后凉风起

A. 东边日出西边雨　B. 行路难　C. 江南可采莲　D. 鱼戏莲叶间　E. 舍南舍北皆春水　F. 多病起

3

	A汗		1B南			C又		D年	
2锄	禾		当						
				E遥					
		3处	分		兄				F莺
	G单						H飞		
4一	车			5将	登		雪		山
			I谁						
6借	问		家		处				

诗句提示

横向题目

1.《秋夜将晓出篱门迎凉有感》宋·陆游

2.《悯农》唐·李绅

3.《孔雀东南飞》汉乐府

4.《卖炭翁》唐·白居易

5.《行路难·其一》唐·李白

6.《清明》唐·杜牧

纵向题目

A.《悯农》唐·李绅

B.《客中初夏》宋·司马光

C.《古朗月行》唐·李白

D.《南乡子·登京口北固亭有怀》宋·辛弃疾

E.《九月九日忆山东兄弟》唐·王维

F.《田园乐·其六》唐·王维

G.《使至塞上》唐·王维

H.《卜算子·咏梅》近现代·毛泽东

I.《渔父》宋·苏轼

答　案

1.南望王师又一年　2.锄禾日当午　3.处分适兄意　4.一车炭　5.将登太行雪满山

6.借问酒家何处有

A.汗滴禾下土　B.南山当户转分明　C.又疑瑶台镜　D.年少万兜鍪　E.遥知兄弟登高处

F.莺啼山客犹眠　G.单车欲问边　H.飞雪迎春到　I.谁家去

4

1 春		A 不				2 曲			B 天	
C 二			3 D 黄						云	
4 春		送		入				5 云	共	
			6 流	E 水						
								F 洞		G 星
	7 举			眼				天		
								8 石		火
9 男				横						

诗句提示

横向题目

1.《春晓》唐·孟浩然

2.《咏鹅》唐·骆宾王

3.《凉州词》唐·王之涣

4.《元日》宋·王安石

5.《天香》宋·王观

6.《行香子》宋·秦观

7.《饮中八仙歌》唐·杜甫

8.《行香子·述怀》宋·苏轼

9.《燕歌行》唐·高适

纵向题目

A.《赠汪伦》唐·李白

B.《观书有感·其一》宋·朱熹

C.《咏柳》唐·贺知章

D.《登鹳雀楼》唐·王之涣

E.《卜算子·送鲍浩然之浙东》宋·王观

F.《梦游天姥吟留别》唐·李白

G.《鹊桥仙》宋·张先

答　案

1. 春眠不觉晓　2. 曲项向天歌　3. 黄河远上白云间　4. 春风送暖入屠苏　5. 云共雪　6. 流水桥旁　7. 举觞白眼望青天　8. 石中火　9. 男儿本自重横行

A. 不及汪伦送我情　B. 天光云影共徘徊　C. 二月春风似剪刀　D. 黄河入海流　E. 水是眼波横　F. 洞天石扉　G. 星桥火树

5

1坐				A床						B死
				2前		C浮				去
	D低									
3举	头			月				E到		
			F何			开				
4 G归	乡		不					5鹰	击	空
						H书				
									I千	
		6以	此			意				
						7气			梦	

诗句提示

横向题目

1.《木兰诗》北朝民歌

2.《琵琶行》唐·白居易

3.《静夜思》唐·李白

4.《南安军》宋·文天祥

5.《沁园春·长沙》近现代·毛泽东

6.《孔雀东南飞》汉乐府

7.《望洞庭湖赠张丞相》唐·孟浩然

纵向题目

A.《静夜思》唐·李白

B.《示儿》宋·陆游

C.《池上》唐·白居易

D.《静夜思》唐·李白

E.《沁园春·长沙》近现代·毛泽东

F.《离骚》战国·屈原

G.《玩月城西门廨中》南朝·宋·鲍照

H.《沁园春·长沙》近现代·毛泽东

I.《酒泉子》唐·温庭筠

答　案

1. 坐我西阁床　2. 前月浮梁买茶去　3. 举头望明月　4. 归乡如不归　5. 鹰击长空　6. 以此下心意　7. 气蒸云梦泽

A. 床前明月光　B. 死去元知万事空　C. 浮萍一道开　D. 低头思故乡　E. 到中流击水　F. 何不改乎此度　G. 归华先委露　H. 书生意气　I. 千里梦

6

1 A 云		B 不		C 处		2 D 八				
				3 闻		始		E 有		F 来
					G 胡					
4 深	H 秋				为					
							6 I 夜	半		
5 万					中					
7 游	子					8 清	晨			

诗句提示

横向题目

1.《寻隐者不遇》唐·贾岛

2.《梁甫行》三国·魏·曹植

3.《采莲曲》唐·王昌龄

4.《浣溪沙》清·纳兰性德

5.《好听琴》唐·白居易

6.《蝶恋花·过涟水军赠赵晦之》宋·苏轼

7.《游子吟》唐·孟郊

8.《题破山寺后禅院》唐·常建

纵向题目

A.《嫦娥》唐·李商隐

B.《池上》唐·白居易

C.《春晓》唐·孟浩然

D.《十五从军征》汉乐府

E.《约客》宋·赵师秀

F.《陪姚使君题惠上人房》唐·孟浩然

G.《诗经·式微》

H.《悯农·其一》唐·李绅

I.《诗经·庭燎》

答 案

1. 云深不知处　2. 八方各异气　3. 闻歌始觉有人来　4. 深秋远塞若为情　5. 万事离心中

6. 夜半潮来　7. 游子身上衣　8. 清晨入古寺

A. 云母屏风烛影深　B. 不解藏踪迹　C. 处处闻啼鸟　D. 八十始得归　E. 有约不来过夜半

F. 来窥童子偈　G. 胡为乎中露　H. 秋收万颗子　I. 夜乡晨

7

1早						A头			B慈
						2上			母
3映		C荷				红			
								D明	
4倚		风		5E小		不		月	
	F偷								G危
	6采			小			7残	照	楼
						H碧			
						8曷	云	还	
9惊	回								

诗句提示

☷ 横向题目

1.《小池》宋·杨万里

2.《孔雀东南飞》汉乐府

3.《晓出净慈寺送林子方》宋·杨万里

4.《行香子》宋·秦观

5.《古朗月行》唐·李白

6.《采莲曲》唐·刘方平

7.《八声甘州》宋·柳永

8.《诗经·小明》

9.《小重山》宋·岳飞

☷ 纵向题目

A.《画鸡》明·唐寅

B.《游子吟》唐·孟郊

C.《减字木兰花·七夕》宋·谢逸

D.《泊船瓜洲》宋·王安石

E.《池上》唐·白居易

F.《池上》唐·白居易

G.《夜宿山寺》唐·李白

H.《苏幕遮》宋·范仲淹

答　案

1.早有蜻蜓立上头　2.上堂拜阿母　3.映日荷花别样红　4.倚东风　5.小时不识月

6.采莲从小惯　7.残照当楼　8.曷云其还　9.惊回千里梦

A.头上红冠不用裁　B.慈母手中线　C.荷花风细　D.明月何时照我还　E.小娃撑小艇

F.偷采白莲回　G.危楼高百尺　H.碧云天

8

1墙		A数		B梅				
			2须					
3C少		人	4雪		D梅			
								E人
5家					6当	春		生
		F于						
7大		豆						
		8身	登				9水	凉

诗句提示

横向题目

1.《梅花》宋·王安石

2.《浪淘沙》唐·刘禹锡

3.《迎新春》宋·柳永

4.《雪梅·其一》宋·卢钺

5.《小镇西犯·仙吕调》宋·柳永

6.《春夜喜雨》唐·杜甫

7.《清平乐·村居》宋·辛弃疾

8.《梦游天姥吟留别》唐·李白

9.《荷叶杯》唐·温庭筠

纵向题目

A.《沁园春·雪》近现代·毛泽东

B.《雪梅·其一》宋·卢钺

C.《回乡偶书》唐·贺知章

D.《雪梅·其一》宋·卢钺

E.《西江月》宋·苏轼

F.《诗经·生民》

答　案

1. 墙角数枝梅　2. 须臾却入海门去　3. 少年人　4. 雪却输梅一段香　5. 家何处　6. 当春乃发生　7. 大儿锄豆溪东　8. 身登青云梯　9. 水风凉

A. 数风流人物　B. 梅须逊雪三分白　C. 少小离家老大回　D. 梅雪争春未肯降　E. 人生几度秋凉　F. 于豆于登

9

	A 添			B 能		1 C 路				
2 怕	得			不		人				
								3 梦	D 遥	
4 黄	鹂									
						5 遥			是	
			E 前							
			6 不		F 盈	手				
G 兽										
					7 一					H 浪
8 所			人							
				9 人	间					尽

诗句提示

横向题目

1.《古诗十九首·庭中有奇树》汉

2.《小儿垂钓》唐·胡令能

3.《酒泉子》五代·南唐·冯延巳

4.《钗头凤·春思》元·张可久

5.《梅花》宋·王安石

6.《望月怀远》唐·张九龄

7.《沁园春·雪》近现代·毛泽东

8.《诗经·蒹葭》

9.《大林寺桃花》唐·白居易

纵向题目

A.《三衢道中》宋·曾几

B.《忆江南》唐·白居易

C.《小儿垂钓》唐·胡令能

D.《十五从军征》汉乐府

E.《登幽州台歌》唐·陈子昂

F.《古诗十九首·迢迢牵牛星》汉

G.《诗经·吉日》

H.《念奴娇·赤壁怀古》宋·苏轼

答　案

1. 路远莫致之　2. 怕得鱼惊不应人　3. 梦遥遥　4. 黄鹂晓　5. 遥知不是雪　6. 不堪盈手赠　7. 一代天骄　8. 所谓伊人　9. 人间四月芳菲尽

A. 添得黄鹂四五声　B. 能不忆江南　C. 路人借问遥招手　D. 遥看是君家　E. 前不见古人　F. 盈盈一水间　G. 兽之所同　H. 浪淘尽

10

1白	A日				■		2B不		C风	
■		■			3心		死	■		■
4馨	香				■					
		■				5D化	为		与	
■			E落							■
6万	紫		红			春	■	7何	时	
■										■
F忧	■	8还	是			更				G千
9难			情	■		10林	花			红
	■			■						

诗句提示

横向题目

1.《登鹳雀楼》唐·王之涣

2.《眼儿媚》宋·刘一止

3.《夜游宫·记梦寄师伯浑》宋·陆游

4.《古诗十九首·庭中有奇树》汉

5.《蜀道难》唐·李白

6.《春日》宋·朱熹

7.《满江红·写怀》宋·岳飞

8.《醉倒》唐·杜牧

9.《扬州慢》宋·姜夔

10.《相见欢》五代·南唐·李煜

纵向题目

A.《望庐山瀑布》唐·李白

B.《诗经·相鼠》

C.《晓出净慈寺送林子方》宋·杨万里

D.《己亥杂诗·其五》清·龚自珍

E.《己亥杂诗·其五》清·龚自珍

F.《短歌行》汉·曹操

G.《怨王孙》唐·韦庄

答　案

1. 白日依山尽　2. 不看风月　3. 心未死　4. 馨香盈怀袖　5. 化为狼与豺　6. 万紫千红总是春　7. 何时灭　8. 还是三年更不闻　9. 难赋深情　10. 林花谢了春红

A. 日照香炉生紫烟　B. 不死何为　C. 风光不与四时同　D. 化作春泥更护花　E. 落红不是无情物　F. 忧思难忘　G. 千万红妆

11

1 一				A 万		B 开	▨	C 南		D 五
▨	▨	▨	▨		▨					
2 E 恐		F 天		人	▨	3 东		买		马
	▨		▨	▨			▨		▨	
4 岁		晚	▨					5 头	G 应	
	▨		▨		H 神				▨	
				6 元	龟		▨			
▨			I 父			▨				
7 与			分		寿		8 黄		印	
▨				▨	▨	▨				▨
9 心			分	▨		10 复			苦	

诗句提示

横向题目

1.《画鸡》明·唐寅

2.《夜宿山寺》唐·李白

3.《木兰诗》北朝民歌

4.《燕归梁·书水仙扇》宋·吴文英

5.《满江红·正月十三日送文安国还朝》宋·苏轼

6.《诗经·泮水》

7.《九章·涉江》战国·屈原

8.《沁园春·题黄尚书夫人书壁后》宋·刘过

9.《感咏十解寄呈杨安抚·其二》宋·白玉蟾

10.《鹿柴》唐·王维

纵向题目

A.《江雪》唐·柳宗元

B.《木兰诗》北朝民歌

C.《木兰诗》北朝民歌

D.《将进酒》唐·李白

E.《离骚》战国·屈原

F.《山居秋暝》唐·王维

G.《游园不值》宋·叶绍翁

H.《龟虽寿》汉·曹操

I.《诗经·日月》

答　案

1. 一叫千门万户开　2. 恐惊天上人　3. 东市买骏马　4. 岁华晚　5. 头应白　6. 元龟象齿

7. 与天地兮同寿　8. 黄金印大　9. 心似月兮皎　10. 复照青苔上

A. 万径人踪灭　B. 开我东阁门　C. 南市买辔头　D. 五花马　E. 恐年岁之不吾与　F. 天气晚来秋　G. 应怜屐齿印苍苔　H. 神龟虽寿　I. 父兮母兮

12

1A风		B草						C过		D暂
							2大	江		去
								尺		
		3飞								
	4二	月		E风					F钟	
G曾								5钟	鼓	
			6又	送			H去			
		I日					7日		之	
8意		迟								
					9坐		多			

诗句提示

横向题目

1.《敕勒歌》北朝民歌

2.《念奴娇·赤壁怀古》宋·苏轼

3.《望庐山瀑布》唐·李白

4.《咏柳》唐·贺知章

5.《更漏子》唐·温庭筠

6.《赋得古原草送别》唐·白居易

7.《观沧海》汉·曹操

8.《游子吟》唐·孟郊

9.《临江仙·夜登小阁，忆洛中旧游》宋·陈与义

纵向题目

A.《忆江南》唐·白居易

B.《村居》清·高鼎

C.《风》唐·李峤

D.《题李凝幽居》唐·贾岛

E.《卜算子·咏梅》近现代·毛泽东

F.《诗经·关雎》

G.《诗经·正月》

H.《短歌行》汉·曹操

I.《三字令》五代·后蜀·欧阳炯

答 案

1. 风吹草低见牛羊　2. 大江东去　3. 飞流直下三千尺　4. 二月春风似剪刀　5. 钟鼓歇

6. 又送王孙去　7. 日月之行　8. 意恐迟迟归　9. 坐中多是豪英

A. 风景旧曾谙　B. 草长莺飞二月天　C. 过江千尺浪　D. 暂去还来此　E. 风雨送春归

F. 钟鼓乐之　G. 曾是不意　H. 去日苦多　I. 日迟迟

13

1 A 一							2 最	B 难		
					C 独					
		3 闲			钓					D 但
		E 白				4 何	天			龙
5 青		云		雪						
						6 北				飞
	F 纤					G 江				
7 孤	云		去			8 山				在
						9 画				

诗句提示

横向题目

1.《赋得古原草送别》唐·白居易

2.《声声慢》宋·李清照

3.《行路难·其一》唐·李白

4.《诗经·长发》

5.《从军行·其四》唐·王昌龄

6.《长亭送别》元·王实甫

7.《独坐敬亭山》唐·李白

8.《南安军》宋·文天祥

9.《桂枝香·金陵怀古》宋·王安石

纵向题目

A.《绝句》唐·杜甫

B.《蜀道难》唐·李白

C.《江雪》唐·柳宗元

D.《出塞》唐·王昌龄

E.《春江花月夜》唐·张若虚

F.《鹊桥仙》宋·秦观

G.《念奴娇·赤壁怀古》宋·苏轼

答　案

1.一岁一枯荣　2.最难将息　3.闲来垂钓碧溪上　4.何天之龙　5.青海长云暗雪山

6.北雁南飞　7.孤云独去闲　8.山河千古在　9.画图难足

A.一行白鹭上青天　B.难于上青天　C.独钓寒江雪　D.但使龙城飞将在　E.白云一片去悠悠　F.纤云弄巧　G.江山如画

14

A窗			1黄	B梅			C家			
		D门								
									E便	
2秋		万		子						
					3 F明	月		间		
	G花			H望	4几					
5直	下									
			6汉		有					

诗句提示

横向题目

1.《约客》宋·赵师秀

2.《悯农·其一》唐·李绅

3.《山居秋暝》唐·王维

4.《贺新郎·开禧丁卯端午中都借石林韵》宋·汪晫

5.《太常引·建康中秋夜为吕叔潜赋》宋·辛弃疾

6.《长沙过贾谊宅》唐·刘长卿

纵向题目

A.《绝句》唐·杜甫

B.《四时田园杂兴·其二十五》宋·范成大

C.《乞巧》唐·林杰

D.《绝句》唐·杜甫

E.《鹊桥仙》宋·秦观

F.《水调歌头》宋·苏轼

G.《更漏子》五代宋初·孙光宪

H.《鹊桥仙·次东坡七夕韵》宋·黄庭坚

答 案

1. 黄梅时节家家雨 2. 秋收万颗子 3. 明月松间照 4. 几多人数 5. 直下看山河 6. 汉文有道恩犹薄

A. 窗含西岭千秋雪 B. 梅子金黄杏子肥 C. 家家乞巧望秋月 D. 门泊东吴万里船 E. 便胜却人间无数 F. 明月几时有 G. 花下月 H. 望河汉

15

1 A 一		B 孤				C 山		D 俏		E 但
2 春		一				3 空		不		人
F 终			5 G 人			亦		4 春		
								H 照		I 杏
								6 花		花
		7 相	欢					前		
8 城			合							

诗句提示

横向题目

1.《凉州词》唐·王之涣

2.《悯农·其一》唐·李绅

3.《鹿柴》唐·王维

4.《金缕曲》清·洪亮吉

5.《孔雀东南飞》汉乐府

6.《花非花》唐·白居易

7.《辋川别业》唐·王维

8.《从军行·其二》唐·李白

纵向题目

A.《行香子·归鸟翩翩》宋·晁补之

B.《舟夜书所见》清·查慎行

C.《饮湖上初晴后雨》宋·苏轼

D.《卜算子·咏梅》近现代·毛泽东

E.《鹿柴》唐·王维

F.《潼关》清·谭嗣同

G.《水调歌头》宋·苏轼

H.《菩萨蛮》唐·温庭筠

I.《临江仙·夜登小阁，忆洛中旧游》宋·陈与义

答　案

1. 一片孤城万仞山　2. 春种一粒粟　3. 空山不见人　4. 春潮响　5. 人贱物亦鄙　6. 花非花
7. 相欢语笑衡门前　8. 城南已合数重围

A. 一年春　B. 孤光一点萤　C. 山色空蒙雨亦奇　D. 俏也不争春　E. 但闻人语响　F. 终古高云簇此城　G. 人有悲欢离合　H. 照花前后镜　I. 杏花疏影里

16

			A莲			B歌		1珍	C重	
2萧			叶			声				
3邀			田			4林		D草	惊	E风
				F何			5废	池		木
6遥		G情		处		H登				
				7望		楼		水		I天
8勿		怨		神						
9夙		夜			10梦	魂				

诗句提示

横向题目

1.《上行杯》唐·韦庄

2.《夜书所见》宋·叶绍翁

3.《过故人庄》唐·孟浩然

4.《和张仆射塞下曲·其二》唐·卢纶

5.《扬州慢》宋·姜夔

6.《欢好曲·其三》魏晋·无名氏

7.《六月二十七日望湖楼醉书·其一》宋·苏轼

8.《孔雀东南飞》汉乐府

9.《诗经·氓》

10.《芳草渡》五代·南唐·冯延巳

纵向题目

A.《江南》汉乐府

B.《所见》清·袁枚

C.《扬州慢》宋·姜夔

D.《村晚》宋·雷震

E.《水调歌头·多景楼》宋·陆游

F.《南乡子·登京口北固亭有怀》宋·辛弃疾

G.《望月怀远》唐·张九龄

H.《重题多景楼》宋·郑思肖

I.《短歌行》汉·曹操

答　案

1. 珍重意　2. 萧萧梧叶送寒声　3. 邀我至田家　4. 林暗草惊风　5. 废池乔木　6. 遥见情倾处　7. 望湖楼下水如天　8. 勿复怨鬼神　9. 夙兴夜寐　10. 梦魂断

A. 莲叶何田田　B. 歌声振林樾　C. 重到须惊　D. 草满池塘水满陂　E. 风落木　F. 何处望神州　G. 情人怨遥夜　H. 登楼欲断魂　I. 天下归心

17

	A远			B莲			1今	C我		
2江	上			动						
							3自	天		
4楚	山					D步				
		5轻	舟			过		重		
									E不	
	6斜	F阳		G树						
H但							I忘			
7君		德	8秋				舍		家	

诗句提示

横向题目

1.《诗经·采薇》

2.《夜书所见》宋·叶绍翁

3.《诗经·出车》

4.《渔歌子》唐·李珣

5.《早发白帝城》唐·李白

6.《永遇乐·京口北固亭怀古》宋·辛弃疾

7.《满江红》宋·李曾伯

8.《菊花》唐·元稹

纵向题目

A.《山行》唐·杜牧

B.《山居秋暝》唐·王维

C.《己亥杂诗·其一二五》清·龚自珍

D.《行香子》宋·秦观

E.《蜀道难》唐·李白

F.《长歌行》汉乐府

G.《野望》唐·王绩

H.《短歌行》汉·曹操

I.《蓦山溪》元·姬翼

答　案

1. 今我来思　2. 江上秋风动客情　3. 自天子所　4. 楚山青　5. 轻舟已过万重山　6. 斜阳草树

7. 君王德　8. 秋丛绕舍似陶家

A. 远上寒山石径斜　B. 莲动下渔舟　C. 我劝天公重抖擞　D. 步过东冈　E. 不如早还家

F. 阳春布德泽　G. 树树皆秋色　H. 但为君故　I. 忘取舍

18

1夜				A一						B晓
								C宣		
2不	D要			好						声
							3犹	求		声
4被	白			5须				访		
			E彼			F冲				
6松	间		路			泥			G十	
						7策			二	
8徒			何							

诗句提示

横向题目

1.《夜书所见》宋·叶绍翁

2.《墨梅》元·王冕

3.《诗经·伐木》

4.《太常引·建康中秋夜为吕叔潜赋》宋·辛弃疾

5.《梦游天姥吟留别》唐·李白

6.《浣溪沙·游蕲水清泉寺》宋·苏轼

7.《木兰诗》北朝民歌

8.《野望》唐·王绩

纵向题目

A.《赠刘景文》宋·苏轼

B.《送从弟游江淮兼谒鄱阳刘太守》唐·李颀

C.《贾生》唐·李商隐

D.《石灰吟》明·于谦

E.《诗经·采薇》

F.《六么令·仙吕重九》宋·周邦彦

G.《鹧鸪天》宋·范仲淹

答　案

1. 夜深篱落一灯明　2. 不要人夸好颜色　3. 犹求友声　4. 被白发　5. 须行即骑访名山

6. 松间沙路净无泥　7. 策勋十二转　8. 徙倚欲何依

A. 一年好景君须记　B. 晓听猿声在山翠　C. 宣室求贤访逐臣　D. 要留清白在人间　E. 彼路斯何　F. 冲泥策马　G. 十二辰

19

			A 知			1 B 一			C 三	
2 菊			有							
						3 红			里	
4 松			童							
					5 月	出			东	
D 二										
6 十		E 能	织	F 素		7 来	G 观		海	
				8 分			恨			
						9 江	晚			

诗句提示

横向题目

1.《山村咏怀》宋·邵雍

2.《赠刘景文》宋·苏轼

3.《假作屏风诗》唐·上官仪

4.《寻隐者不遇》唐·贾岛

5.《关山月·其二》南朝·陈·徐陵

6.《孔雀东南飞》汉乐府

7.《道馆诗》南朝·梁·庾肩吾

8.《咏怀古迹·其三》唐·杜甫

9.《菩萨蛮·书江西造口壁》宋·辛弃疾

纵向题目

A.《夜书所见》宋·叶绍翁

B.《游园不值》宋·叶绍翁

C.《秋夜将晓出篱门迎凉有感》宋·陆游

D.《扬州慢》宋·姜夔

E.《风》唐·李峤

F.《念奴娇·过洞庭》宋·张孝祥

G.《经七里滩》唐·孟浩然

答　案

1. 一去二三里　2. 菊残犹有傲霜枝　3. 红花雪里春　4. 松下问童子　5. 月出柳城东

6. 十三能织素　7. 来观东海田　8. 分明怨恨曲中论　9. 江晚正愁余

A. 知有儿童挑促织　B. 一枝红杏出墙来　C. 三万里河东入海　D. 二十四桥仍在　E. 能开二月花　F. 素月分辉　G. 观奇恨来晚

20

A 碧					B 吾			C 孤		D 十
1 水					方					
							2 出	自		门
		E 幽								
		3 独			而		F 下			
				4 G 四		H 山		I 接		光
	5 情	山		海						
J 旨										
							6 搔	首		
7 多				田						

诗句提示

横向题目

1.《饮湖上初晴后雨》宋·苏轼

2.《诗经·北门》

3.《登幽州台歌》唐·陈子昂

4.《鄂州南楼书事》宋·黄庭坚

5.《倒垂柳》宋·杨无咎

6.《诗经·静女》

7.《景纯见和复次韵赠之·其二》宋·苏轼

纵向题目

A.《望天门山》唐·李白

B.《九章·涉江》战国·屈原

C.《念奴娇·过洞庭》宋·张孝祥

D.《李凭箜篌引》唐·李贺

E.《九章·涉江》战国·屈原

F.《江城子·錝父生日》宋·曹勋

G.《悯农·其一》唐·李绅

H.《诗经·简兮》

I.《九章·涉江》战国·屈原

J.《诗经·鱼丽》

答 案

1. 水光潋滟晴方好 2. 出自北门 3. 独怆然而涕下 4. 四顾山光接水光 5. 情山曲海 6. 搔首踟蹰 7. 多事始知田舍好

A. 碧水东流至此回 B. 吾方高驰而不顾 C. 孤光自照 D. 十二门前融冷光 E. 幽独处乎山中 F. 下明光 G. 四海无闲田 H. 山有榛 I. 接舆髡首兮 J. 旨且多

21

1朝		A白				B间			C一	
						2关			阵	
3谁		盘								
				4人	语					
5D更		一						E千		F衣
			G我							
6千			绝		7小		始			床
		8小		日				来		

诗句提示

横向题目

1.《早发白帝城》唐·李白

2.《菩萨蛮·大柏地》近现代·毛泽东

3.《悯农》唐·李绅

4.《更漏子》五代宋初·孙光宪

5.《登鹳雀楼》唐·王之涣

6.《江雪》唐·柳宗元

7.《孔雀东南飞》汉乐府

8.《送春》宋·王令

纵向题目

A.《望洞庭》唐·刘禹锡

B.《琵琶行》唐·白居易

C.《满庭芳·评梅》宋·葛立方

D.《七律·长征》近现代·毛泽东

E.《琵琶行》唐·白居易

F.《松寺》唐·卢延让

G.《孔雀东南飞》汉乐府

答　案

1. 朝辞白帝彩云间　2. 关山阵阵苍　3. 谁知盘中餐　4. 人语静　5. 更上一层楼　6. 千山鸟飞绝　7. 小姑始扶床　8. 小檐日日燕飞来

A. 白银盘里一青螺　B. 间关莺语花底滑　C. 一阵清香　D. 更喜岷山千里雪　E. 千呼万唤始出来　F. 衣汗稍停床上扇　G. 我命绝今日

22

1 A 湖				B 两				2 但		C 江
			3 乃	猿						
			D 春							
			4 江		啼					
E 昔				5 住			F 江			湿
6 女		先					7 明	月		
			8 同					人		

诗句提示

横向题目

1.《望洞庭》唐·刘禹锡

2.《七娘子》宋·向子諲

3.《九章·涉江》战国·屈原

4.《李凭箜篌引》唐·李贺

5.《琵琶行》唐·白居易

6.《孔雀东南飞》汉乐府

7.《自菩提步月归广化寺》宋·欧阳修

8.《江楼旧感》唐·赵嘏

纵向题目

A.《梦游天姥吟留别》唐·李白

B.《早发白帝城》唐·李白

C.《琵琶行》唐·白居易

D.《惠崇春江晚景》宋·苏轼

E.《孔雀东南飞》汉乐府

F.《宿建德江》唐·孟浩然

答　案

1. 湖光秋月两相和　2. 但长江　3. 乃猿狖之所居　4. 江娥啼竹素女愁　5. 住近湓江地低湿
6. 女子先有誓　7. 明月净松林　8. 同来望月人何处

A. 湖月照我影　B. 两岸猿声啼不住　C. 江州司马青衫湿　D. 春江水暖鸭先知　E. 昔作
女儿时　F. 江清月近人

23

1 飞				A 千					
							2 交		B 鸟
3 黄				江					
							4 终	C 朝	绿
5 荷	D 叶			一					
			6 还				游		苑
7 夕	阳								
				E 儿					
			8 儿	童			归		
9 骤	雨								

诗句提示

横向题目

1.《登飞来峰》宋·王安石

2.《诗经·黄鸟》

3.《江畔独步寻花·其五》唐·杜甫

4.《诗经·采绿》

5.《采莲曲》唐·王昌龄

6.《忆江南》五代·南唐·李煜

7.《天净沙·秋思》元·马致远

8.《村居》清·高鼎

9.《雨霖铃》宋·柳永

纵向题目

A.《早发白帝城》唐·李白

B.《咸阳城东楼》唐·许浑

C.《壕上感春》宋·杨万里

D.《苏幕遮》宋·周邦彦

E.《满江红·送信守郑舜举郎中赴召》宋·辛弃疾

答案

1. 飞来山上千寻塔　2. 交交黄鸟　3. 黄师塔前江水东　4. 终朝采绿　5. 荷叶罗裙一色裁

6. 还似旧时游上苑　7. 夕阳西下　8. 儿童散学归来早　9. 骤雨初歇

A. 千里江陵一日还　B. 鸟下绿芜秦苑夕　C. 朝游暮游不肯归　D. 叶上初阳干宿雨　E. 儿童泣

24

	A稚			B迟			1其		C只
2梅	子			日					
							D又		
			3两	山			送		来
4春	晓				E牧				F相
			5牧	童			去	G横	背
H无		I携							
		6同			牛			家	
7泪		行						8风	

诗句提示

横向题目

1.《诗经·君子阳阳》

2.《三衢道中》宋·曾几

3.《书湖阴先生壁》宋·王安石

4.《点绛唇》宋·张元干

5.《村晚》宋·雷震

6.《浪淘沙·其一》唐·刘禹锡

7.《江城子》唐·韦庄

8.《长相思》清·纳兰性德

纵向题目

A.《稚子弄冰》宋·杨万里

B.《绝句二首·其一》唐·杜甫

C.《卜算子·咏梅》近现代·毛泽东

D.《卜算子·送鲍浩然之浙东》宋·王观

E.《所见》清·袁枚

F.《浪淘沙》宋·贺铸

G.《次韵呈南嘉》宋·曹勋

H.《采莲令》宋·柳永

I.《诗经·北风》

答　案

1. 其乐只且　2. 梅子黄时日日晴　3. 两山排闼送青来　4. 春晓轻雷　5. 牧童归去横牛背

6. 同到牵牛织女家　7. 泪千行　8. 风一更

A. 稚子金盆脱晓冰　B. 迟日江山丽　C. 只把春来报　D. 又送君归去　E. 牧童骑黄牛

F. 相背春归　G. 横槊愧家风　H. 无言有泪　I. 携手同行

25

1春				A绿				2人	B似	
3抬	C望					D千				
						4万			都	
5天	涯			时						
				6路		行			断	
E纵										
7我		F为				术				
								8紫	垣	
9往		取								

诗句提示

横向题目

1.《忆江南·其一》唐·白居易

2.《定西番》唐·温庭筠

3.《满江红·写怀》宋·岳飞

4.《题破山寺后禅院》唐·常建

5.《望月怀远》唐·张九龄

6.《清明》唐·杜牧

7.《一亩》宋·张耒

8.《眼儿媚》宋·洪适

9.《琵琶行》唐·白居易

纵向题目

A.《三衢道中》宋·曾几

B.《游园·皂罗袍》明·汤显祖

C.《蝶恋花》宋·晏殊

D.《玄珠歌》唐·张果

E.《诗经·子衿》

F.《贺新郎》宋·杨炎正

答 案

1. 春来江水绿如蓝　2. 人似玉　3. 抬望眼　4. 万籁此都寂　5. 天涯共此时　6. 路上行人欲断魂　7. 我身为吏救无术　8. 紫微垣里　9. 往往取酒还独倾

A. 绿阴不减来时路　B. 似这般都付与断井颓垣　C. 望尽天涯路　D. 千万天仙行此术
E. 纵我不往　F. 为唤取

26

1黄			A竹					B一		C天
							2游	览		涯
3总	D把		桃		E旧					
				4茅			小			
						F终		G何		
H乃		I稍		5寒	林		日		时	
6占		逊								
		7骚					章			

诗句提示

横向题目

1.《琵琶行》唐·白居易

2.《混江龙》明·罗贯中

3.《元日》宋·王安石

4.《清平乐·村居》宋·辛弃疾

5.《长沙过贾谊宅》唐·刘长卿

6.《金人捧露盘·送范东叔给事帅维扬》宋·高似孙

7.《雪梅·其一》宋·卢钺

纵向题目

A.《惠崇春江晚景》宋·苏轼

B.《望岳》唐·杜甫

C.《送杜少府之任蜀州》唐·王勃

D.《过故人庄》唐·孟浩然

E.《西江月·夜行黄沙道中》宋·辛弃疾

F.《古诗十九首·迢迢牵牛星》汉

G.《长歌行》汉乐府

H.《诗经·斯干》

I.《沁园春·雪》近现代·毛泽东

答　案

1. 黄芦苦竹绕宅生　2. 游览天涯　3. 总把新桃换旧符　4. 茅檐低小　5. 寒林空见日斜时

6. 占何逊　7. 骚人阁笔费评章

A. 竹外桃花三两枝　B. 一览众山小　C. 天涯若比邻　D. 把酒话桑麻　E. 旧时茅店社林边

F. 终日不成章　G. 何时复西归　H. 乃占我梦　I. 稍逊风骚

27

1 拂					A 春			B 一	C 只
							2 此	时	是
3 D 牧		E 遥			花				
				4 暗	香			月	昏
				5 乱	F 入		G 中	看	H 见
6 I 何		处							
	7 疏				斜		清		

诗句提示

横向题目

1.《村居》清·高鼎

2.《诉衷情》宋·晏几道

3.《清明》唐·杜牧

4.《山园小梅·其一》宋·林逋

5.《采莲曲》唐·王昌龄

6.《诗经·旄丘》

7.《山园小梅·其一》宋·林逋

纵向题目

A.《绝句二首·其一》唐·杜甫

B.《从军北征》唐·李益

C.《登乐游原》唐·李商隐

D.《野望》唐·王绩

E.《九月九日忆山东兄弟》唐·王维

F.《风》唐·李峤

G.《与崔二十一游镜湖寄包贺二公》唐·孟浩然

H.《菩萨蛮》宋·辛弃疾

I.《满江红·郑园看梅》宋·吴潜

答 案

1. 拂堤杨柳醉春烟　2. 此时还是　3. 牧童遥指杏花村　4. 暗香浮动月黄昏　5. 乱入池中看不见　6. 何其处也　7. 疏影横斜水清浅

A. 春风花草香　B. 一时回首月明看　C. 只是近黄昏　D. 牧人驱犊返　E. 遥知兄弟登高处 F. 入竹万竿斜　G. 中流到底清　H. 见说小楼东　I. 何其乐

28

1 A 头					B 山			2 C 天		D 去
		3 E 映			桃			中		
				4 还	始					
5 F 春		自		G 始	开					
							H 极		I 无	
				6 得			目		辞	
7 生								8 沉	醉	

诗句提示

横向题目

1.《浪淘沙》唐·刘禹锡

2.《花非花》唐·白居易

3.《柳》唐·郑谷

4.《渡江云三犯·西湖清明》宋·吴文英

5.《玉泉寺》宋·李复

6.《长安古意》唐·卢照邻

7.《南乡子·登京口北固亭有怀》宋·辛弃疾

8.《忆江南》唐·吕岩

纵向题目

A.《孔雀东南飞》汉乐府

B.《大林寺桃花》唐·白居易

C.《望天门山》唐·李白

D.《题都城南庄》唐·崔护

E.《蜀相》唐·杜甫

F.《赋得古原草送别》唐·白居易

G.《宴清都·中吕》宋·周邦彦

H.《二郎神》宋·柳永

I.《上行杯》五代宋初·孙光宪

答 案

1. 头高数丈触山回　2. 天明去　3. 映杏映桃山路中　4. 还始觉　5. 春茶自造始开尝

6. 得成比目何辞死　7. 生子当如孙仲谋　8. 沉醉处

A. 头上玭瑠光　B. 山寺桃花始盛开　C. 天门中断楚江开　D. 去年今日此门中　E. 映阶碧草自春色　F. 春风吹又生　G. 始信得　H. 极目处　I. 无辞一醉

29

1 A 独			B 乡					2 愁		C 山
		3 黄	四		D 家					
					4 无		E 独			楼
		F 彩								
	5 孤	舟				翁		6 趣		
7 风		淡		8 精				穷		

诗句提示

横向题目

1.《九月九日忆山东兄弟》唐·王维

2.《蜀道难》唐·李白

3.《江畔独步寻花·其六》唐·杜甫

4.《相见欢》五代·南唐·李煜

5.《江雪》唐·柳宗元

6.《水龙吟》元·王吉昌

7.《行香子·舟宿兰湾》宋·蒋捷

8.《赠梁任父母同年》清·黄遵宪

纵向题目

A.《滁州西涧》唐·韦应物

B.《乡村四月》宋·翁卷

C.《题临安邸》宋·林升

D.《示儿》宋·陆游

E.《寒菊》宋·郑思肖

F.《桂枝香·金陵怀古》宋·王安石

答　案

1. 独在异乡为异客　2. 愁空山　3. 黄四娘家花满蹊　4. 无言独上西楼　5. 孤舟蓑笠翁
6. 趣表清净　7. 风淡淡　8. 精卫无穷填海心

A. 独怜幽草涧边生　B. 乡村四月闲人少　C. 山外青山楼外楼　D. 家祭无忘告乃翁　E. 独
立疏篱趣未穷　F. 彩舟云淡

30

1A 遍					B 一			C 鱼		D 出
							2 鱼	龙		没
		3 E 海			残					
				4 草	铺					里
		5 不		F 花	中			G 菊		H 昨
6 长		春		无						
							7 乘	风		去
8 洛				见						

诗句提示

横向题目

1.《九月九日忆山东兄弟》唐·王维

2.《沁园春·宿瓜洲城》元·张野

3.《次北固山下》唐·王湾

4.《牧童》唐·吕岩

5.《菊花》唐·元稹

6.《大林寺桃花》唐·白居易

7.《太常引·建康中秋夜为吕叔潜赋》宋·辛弃疾

8.《秋思》唐·张籍

纵向题目

A.《菊花》唐·元稹

B.《暮江吟》唐·白居易

C.《忆秦娥》宋·陈与义

D.《江上渔者》宋·范仲淹

E.《花时遍游诸家园·其十》宋·陆游

F.《饭馀过总持庵》宋·周紫芝

G.《秋日·其一》唐·李世民

H.《昨日歌》明·文嘉

答 案

1. 遍插茱萸少一人　2. 鱼龙出没　3. 海日生残夜　4. 草铺横野六七里　5. 不是花中偏爱菊

6. 长恨春归无觅处　7. 乘风好去　8. 洛阳城里见秋风

A. 遍绕篱边日渐斜　B. 一道残阳铺水中　C. 鱼龙舞　D. 出没风波里　E. 海棠已过不成春

F. 花木无人见　G. 菊散金风起　H. 昨日过去了

31

1 远					A 不				B 万	
							2 二		里	
	C 自		D 花							
3 只	缘		在					4 西	征	
							E 东			
				5 潭	面		风		未	
6 懒	最									
7 F 上	层			8 横	G 看		岭			
9 楼				10 主	人		归			

诗句提示

横向题目

1.《题西林壁》宋·苏轼

2.《醉蓬莱·赏郡团芍药》宋·赵长卿

3.《题西林壁》宋·苏轼

4.《采莲令》宋·柳永

5.《望洞庭》唐·刘禹锡

6.《沁园春·和赵尉》宋·方岳

7.《满江红·和李颖士》宋·赵善括

8.《题西林壁》宋·苏轼

9.《忆江南》唐·皇甫松

10.《琵琶行》唐·白居易

纵向题目

A.《题西林壁》宋·苏轼

B.《出塞》唐·王昌龄

C.《登飞来峰》宋·王安石

D.《谢新恩》五代·南唐·李煜

E.《鹦鹉咏》唐·罗邺

F.《更漏子》五代·南唐·冯延巳

G.《贺新郎·巧夕雨不饮啜茶而散》宋·李曾伯

答　案

1.远近高低各不同　2.二千里外　3.只缘身在此山中　4.西征客　5.潭面无风镜未磨

6.懒最难医　7.上层楼　8.横看成岭侧成峰　9.楼上寝　10.主人忘归客不发

A.不识庐山真面目　B.万里长征人未还　C.自缘身在最高层　D.花在枝　E.东风休忆
岭头归　F.上高楼　G.看世人

32

1 A 万						B 碧			C 月
					2 四	海			
3 齐		D 未							
							E 五		
					4 夜		千		
5 可			月						
					6 心		地		
	7 F 浮		千						
					G 待			H 度	
				8 闻	鸡		见		升
9 名	利								

诗句提示

横向题目

1.《长歌行》汉乐府

2.《诗经·玄鸟》

3.《望岳》唐·杜甫

4.《长相思》清·纳兰性德

5.《暮江吟》唐·白居易

6.《饮酒·其五》晋·陶渊明

7.《秋日湖上》唐·薛莹

8.《登飞来峰》宋·王安石

9.《玉蝴蝶》宋·晁补之

纵向题目

A.《己亥杂诗》清·龚自珍

B.《嫦娥》唐·李商隐

C.《舟夜书所见》清·查慎行

D.《忆春日曲江宴后许至芙蓉园》唐·李绅

E.《句》唐·卢载

F.《行香子·述怀》宋·苏轼

G.《苏武慢》元·虞集

H.《诉衷情》宋·朱敦儒

答 案

1. 万物生光辉　2. 四海来假　3. 齐鲁青未了　4. 夜深千帐灯　5. 可怜九月初三夜　6. 心远地自偏　7. 浮沉千古事　8. 闻说鸡鸣见日升　9. 名利都忘

A. 万马齐喑究可哀　B. 碧海青天夜夜心　C. 月黑见渔灯　D. 未央明月锁千门　E. 五千里地望皆见　F. 浮名浮利　G. 待鸡鸣　H. 度升平

33

1 A 不		B 胡						2 随	C 缘
				D 茅		3 E 燕		似	
		4 泥		飞		子			
						5 双		长	F 空
	G 肇								
							H 朝		
6 旦	余			江		7 白	露		霜
						8 须		日	
	9 名								

诗句提示

横向题目

1.《出塞》唐·王昌龄

2.《满庭芳》宋·张继先

3.《马诗》唐·李贺

4.《绝句二首·其一》唐·杜甫

5.《剑门关》宋·何甫

6.《九章·涉江》战国·屈原

7.《诗经·蒹葭》

8.《沁园春·雪》近现代·毛泽东

9.《八阵图》唐·杜甫

纵向题目

A.《夏日绝句》宋·李清照

B.《诗经·式微》

C.《秋浦歌》唐·李白

D.《茅屋为秋风所破歌》唐·杜甫

E.《蝶恋花》宋·晏殊

F.《春江花月夜》唐·张若虚

G.《离骚》战国·屈原

H.《长歌行》汉乐府

答　案

1. 不教胡马度阴山　2. 随缘度　3. 燕山月似钩　4. 泥融飞燕子　5. 双剑插长空　6. 旦余济乎江湘　7. 白露为霜　8. 须晴日　9. 名成八阵图

A. 不肯过江东　B. 胡为乎泥中　C. 缘愁似个长　D. 茅飞渡江洒江郊　E. 燕子双飞去
F. 空里流霜不觉飞　G. 肇锡余以嘉名　H. 朝露待日晞

34

		A 麦				B 楠		1 C 无		D 夜
2 树		花				阴				
E 雄				F 春		3 处		是		声
4 飞		菜		无		寻				
			5 凭	谁			G 一		H 洛	
6 林		I 醉				7 郢	曲		阳	
	8 春	风					关			

诗句提示

横向题目

1.《沁园春·冰漕凿方泉宾客请以名斋邀赋》宋·吴文英

2.《宿新市徐公店》宋·杨万里

3.《遗爱寺》唐·白居易

4.《宿新市徐公店》宋·杨万里

5.《永遇乐·京口北固亭怀古》宋·辛弃疾

6.《感皇恩》宋·朱敦儒

7.《玩月城西门廨中》南朝·宋·鲍照

8.《凉州词》唐·王之涣

纵向题目

A.《四时田园杂兴·其二十五》宋·范成大

B.《忆昔》宋·陆游

C.《过华清宫》唐·杜牧

D.《枫桥夜泊》唐·张继

E.《蜀道难》唐·李白

F.《清平乐》宋·黄庭坚

G.《少年游》宋·柳永

H.《清平乐》唐·温庭筠

I.《酒泉子》唐·毛文锡

答 案

1. 无尘夜　 2. 树头花落未成阴　 3. 处处是泉声　 4. 飞入菜花无处寻　 5. 凭谁问　 6. 林间醉

7. 郢曲发阳春　 8. 春风不度玉门关

A. 麦花雪白菜花稀　 B. 楠阴暗处寻高寺　 C. 无人知是荔枝来　 D. 夜半钟声到客船　 E. 雄

飞雌从绕林间　 F. 春无踪迹谁知　 G. 一曲阳关　 H. 洛阳愁绝　 I. 醉春风

35

	A 最					1 B 看			C 红
2 更	喜					雪			
								3 人	不
4 中	儿			D 鸡			E 皆		
						5 何	用		远
			6 屋	茅					
F 三	G 千					7 轻	丝	难	H 理
8 千	万			月	I 明				
								J 明	
				9 明	月			照	

诗句提示

横向题目

1.《沁园春·长沙》近现代·毛泽东

2.《七律·长征》近现代·毛泽东

3.《渔家傲·秋思》宋·范仲淹

4.《清平乐·村居》宋·辛弃疾

5.《早梅》唐·柳宗元

6.《水调歌头·喜归》宋·刘克庄

7.《咏兔丝诗》南朝·齐·谢朓

8.《调笑令·边草》唐·戴叔伦

9.《竹里馆》唐·王维

纵向题目

A.《清平乐·村居》宋·辛弃疾

B.《花心动》宋·王诜

C.《七律·长征》近现代·毛泽东

D.《商山早行》唐·温庭筠

E.《孔雀东南飞》汉乐府

F.《何处难忘酒·其二》唐·白居易

G.《卜算子·送鲍浩然之浙东》宋·王观

H.《孔雀东南飞》汉乐府

I.《短歌行》汉·曹操

J.《渔家傲·赠萧娘》宋·李生

答　案

1. 看万山红遍　2. 更喜岷山千里雪　3. 人不寐　4. 中儿正织鸡笼　5. 何用慰远客　6. 屋茅破　7. 轻丝既难理　8. 千里万里月明　9. 明月来相照

A. 最喜小儿亡赖　B. 看雪里　C. 红军不怕远征难　D. 鸡声茅店月　E. 皆用青丝穿　F. 三千里外行　G. 千万和春住　H. 理实如兄言　I. 明明如月　J. 明月照

36

A我			1树	B犹						C白	
								2率		水	
3待			花								
								4D城		东	
			5俏	E也				春			
		F今									
G老				6无				木		H萧	
							I到				
7孤		万		征			8而			马	

诗句提示

横向题目

1.《水龙吟·登建康赏心亭》宋·辛弃疾

2.《诗经·绵》

3.《卜算子·咏梅》近现代·毛泽东

4.《诗经·烝民》

5.《卜算子·咏梅》近现代·毛泽东

6.《登高》唐·杜甫

7.《送友人》唐·李白

8.《饮酒·其五》晋·陶渊明

纵向题目

A.《明日歌》明·钱福

B.《卜算子·咏梅》近现代·毛泽东

C.《送友人》唐·李白

D.《春望》唐·杜甫

E.《山中寡妇》唐·杜荀鹤

F.《水调歌头》宋·葛胜仲

G.《登岳阳楼》唐·杜甫

H.《送友人》唐·李白

I.《瑞鹤仙》宋·周邦彦

答　案

1. 树犹如此　2. 率西水浒　3. 待到山花烂漫时　4. 城彼东方　5. 俏也不争春　6. 无边落木萧萧下　7. 孤蓬万里征　8. 而无车马喧

A. 我生待明日　B. 犹有花枝俏　C. 白水绕东城　D. 城春草木深　E. 也应无计避征徭
F. 今夜长风万里　G. 老病有孤舟　H. 萧萧班马鸣　I. 到而今

37

	A 采		1 玉		B 寂				C 千	
2 胡	得									
							3 碧		寥	
4 桃	花				无					
							5 笼		四	
			D 日			E 执				
6 F 雨	后		斜			7 手		G 摘	星	
						8 看		不		H 去
9 吹			花							

诗句提示

横向题目

1.《长恨歌》唐·白居易

2.《诗经·采苓》

3.《一斛珠·秋闺》宋·秦观

4.《江畔独步寻花·其五》唐·杜甫

5.《敕勒歌》北朝民歌

6.《菩萨蛮·大柏地》近现代·毛泽东

7.《夜宿山寺》唐·李白

8.《答赵氏生伉》唐·韦应物

9.《梁州陪赵行军龙冈寺北庭泛舟宴王侍御》唐·岑参

纵向题目

A.《蜂》唐·罗隐

B.《卜算子·咏梅》宋·陆游

C.《过零丁洋》宋·文天祥

D.《三台令》五代·南唐·冯延巳

E.《雨霖铃》宋·柳永

F.《永遇乐·京口北固亭怀古》宋·辛弃疾

G.《佳人》唐·杜甫

H.《酒泉子》五代·前蜀·牛希济

答　案

1. 玉容寂寞泪阑干　2. 胡得焉　3. 碧云寥廓　4. 桃花一簇开无主　5. 笼盖四野　6. 雨后复斜阳
7. 手可摘星辰　8. 看山不得去　9. 吹笛岸花香

A. 采得百花成蜜后　B. 寂寞开无主　C. 干戈寥落四周星　D. 日斜柳暗花嫣　E. 执手相
看泪眼　F. 雨打风吹去　G. 摘花不插发　H. 去年书

38

1 少	A 无					2 B 无			
3 春	光					风		4 留	C 客
5 一	一		D 荷			6 尽			青
7 E 文	新		已					8 杨	柳
				9 万				F 奏	新	G 声
		10 功	盖						

诗句提示

横向题目

1.《归园田居·其一》晋·陶渊明

2.《送杜少府之任蜀州》唐·王勃

3.《江畔独步寻花·其五》唐·杜甫

4.《更漏子》宋·晏殊

5.《苏幕遮》宋·周邦彦

6.《扬州慢》宋·姜夔

7.《次韵答子实秦少章·其二》宋·陈师道

8.《雨霖铃》宋·柳永

9.《木兰花慢》宋·柳永

10.《八阵图》唐·杜甫

纵向题目

A.《春日》宋·朱熹

B.《蜂》唐·罗隐

C.《送元二使安西》唐·王维

D.《赠刘景文》宋·苏轼

E.《偶题》唐·杜甫

F.《霜天晓角·次韵李次山提举渔社词》宋·杨冠卿

G.《满庭芳》宋·黄庭坚

答 案

1. 少无适俗韵　2. 无为在歧路　3. 春光懒困倚微风　4. 留客醉　5. 一一风荷举　6. 尽荠麦青青　7. 文新情已故　8. 杨柳岸　9. 万家竞奏新声　10. 功盖三分国

A. 无边光景一时新　B. 无限风光尽被占　C. 客舍青青柳色新　D. 荷尽已无擎雨盖　E. 文章千古事　F. 奏新曲　G. 声不断

39

1 篱	A 落			B 一		C 深		D 斫		E 杨
						2 人		桂		落
3 无	人			心						
		4 琼		玉			F 因			
G 能						5 愁	思		H 门	
	I 不									
6 一	相			J 恨						
				7 此			梦		江	
8 无	问									

诗句提示

横向题目

1.《宿新市徐公店》宋·杨万里

2.《鸟鸣涧》唐·王维

3.《春日忆家》唐·李嘉祐

4.《诗经·渭阳》

5.《孔雀东南飞》汉乐府

6.《中秋月·其一》宋·韩琦

7.《宿成都松溪院》唐·李洞

8.《月夜忆舍弟》唐·杜甫

纵向题目

A.《送友人》唐·李白

B.《芙蓉楼送辛渐》唐·王昌龄

C.《竹里馆》唐·王维

D.《太常引·建康中秋夜为吕叔潜赋》宋·辛弃疾

E.《闻王昌龄左迁龙标遥有此寄》唐·李白

F.《商山早行》唐·温庭筠

G.《问刘十九》唐·白居易

H.《灵隐寺》唐·宋之问

I.《锦衣香》明·徐渭

J.《满江红·怀子由作》宋·苏轼

答　案

1. 篱落疏疏一径深　2. 人闲桂花落　3. 无人见客心　4. 琼瑰玉佩　5. 愁思出门啼　6. 一年相别恨　7. 此中犹梦在江湖　8. 无家问死生

A.落日故人情　B.一片冰心在玉壶　C.深林人不知　D.斫去桂婆娑　E.杨花落尽子规啼　F.因思杜陵梦　G.能饮一杯无　H.门对浙江潮　I.不相存问　J.恨此生

40

A烟	■	1晚		B单			■	C世	■	■
	■	■	■		■	■	■	2味		
3寒		D连		夜		E吴	■			
	■		■							F遥
4月		去	■		5东		薄			望
	■									
				G采						
■		6盈		之		■				
H想						7昔		I洞		水
	■	■					■		■	
8人				谁						

诗句提示

横向题目

1.《孔雀东南飞》汉乐府

2.《水调歌头·和郑舜举蔗庵韵》宋·辛弃疾

3.《芙蓉楼送辛渐》唐·王昌龄

4.《眊龙谣》宋·朱敦儒

5.《野望》唐·王绩

6.《龟虽寿》汉·曹操

7.《登岳阳楼》唐·杜甫

8.《过零丁洋》宋·文天祥

纵向题目

A.《泊秦淮》唐·杜牧

B.《塞下曲·其三》唐·卢纶

C.《临安春雨初霁》宋·陆游

D.《蜀道难》唐·李白

E.《登岳阳楼》唐·杜甫

F.《望洞庭》唐·刘禹锡

G.《古诗十九首·涉江采芙蓉》汉

H.《八声甘州》宋·柳永

I.《和答弟志和渔父歌》唐·张松龄

答　案

1. 晚成单罗衫　2. 味平生　3. 寒雨连江夜入吴　4. 月飞去　5. 东皋薄暮望　6. 盈缩之期
7. 昔闻洞庭水　8. 人生自古谁无死

A. 烟笼寒水月笼沙　B. 单于夜遁逃　C. 世味年来薄似纱　D. 连峰去天不盈尺　E. 吴楚
东南坼　F. 遥望洞庭山水翠　G. 采之欲遗谁　H. 想佳人　I. 洞庭山

41

	A欲		B九					1簪		C散
2直	把		州							
								D居		
			3气		E两			高		
								4声		天
								5远	F远	G墙
H莫										
6肯					对					
7夕								8蜀	道	

诗句提示

横向题目

1.《相见欢》宋·朱敦儒

2.《题临安邸》宋·林升

3.《长安秋望》唐·杜牧

4.《诗经·鹤鸣》

5.《行香子》宋·秦观

6.《客至》唐·杜甫

7.《归园田居·其三》晋·陶渊明

8.《蜀道难》唐·李白

纵向题目

A.《饮湖上初晴后雨·其二》宋·苏轼

B.《己亥杂诗·其一二五》清·龚自珍

C.《秋夜寄邱员外》唐·韦应物

D.《蝉》唐·虞世南

E.《望天门山》唐·李白

F.《赋得古原草送别》唐·白居易

G.《诗经·墙有茨》

H.《诗经·雨无正》

答　案

1. 簪缨散　2. 直把杭州作汴州　3. 气势两相高　4. 声闻于天　5. 远远围墙　6. 肯与邻翁相对饮　7. 夕露沾我衣　8. 蜀道之难

A. 欲把西湖比西子　B. 九州生气恃风雷　C. 散步咏凉天　D. 居高声自远　E. 两岸青山相对出　F. 远芳侵古道　G. 墙有茨　H. 莫肯朝夕

42

1 A 不									B 泣	
							2 歌		涕	
3 平		C 不		D 言						
						4 E 江		如		
									F 正	
			5 G 暮	去		来			故	
	H 因							I 艳		
6 故	人			黄						
		7 云	边					天		

诗句提示

横向题目

1.《己亥杂诗·其一二五》清·龚自珍

2.《紫萸香慢》宋·姚云文

3.《画鸡》明·唐寅

4.《念奴娇·赤壁怀古》宋·苏轼

5.《琵琶行》唐·白居易

6.《黄鹤楼送孟浩然之广陵》唐·李白

7.《苏武庙》唐·温庭筠

纵向题目

A.《蜂》唐·罗隐

B.《古诗十九首·迢迢牵牛星》汉

C.《中秋月·其二》唐·李峤

D.《寻隐者不遇》唐·贾岛

E.《江上渔者》宋·范仲淹

F.《桂枝香·金陵怀古》宋·王安石

G.《木兰诗》北朝民歌

H.《满江红》近现代·秋瑾

I.《甘州令·仙吕调》宋·柳永

答 案

1. 不拘一格降人才　2. 歌罢涕零　3. 平生不敢轻言语　4. 江山如画　5. 暮去朝来颜色故

6. 故人西辞黄鹤楼　7. 云边雁断胡天月

A. 不论平地与山尖　B. 泣涕零如雨　C. 不有雨兼风　D. 言师采药去　E. 江上往来人

F. 正故国晚秋　G. 暮宿黄河边　H. 因人常热　I. 艳阳天

43

A回			1 B竹		C花					
										D于
		2春	归		处			E潮		
					3 F星			平		阔
4牵			女		桥					
		G晨		H相						I送
J千						5飞				还
6古		征		几		回				
							7居			乡

诗句提示

横向题目

1.《钟山即事》宋·王安石

2.《清平乐》宋·黄庭坚

3.《旅夜书怀》唐·杜甫

4.《乞巧》唐·林杰

5.《饮酒·其五》晋·陶渊明

6.《凉州词·其一》唐·王翰

7.《诗经·殷武》

纵向题目

A.《卖炭翁》唐·白居易

B.《山居秋暝》唐·王维

C.《点绛唇·荣国生日》宋·张纲

D.《诗经·击鼓》

E.《次北固山下》唐·王湾

F.《七夕》唐·李商隐

G.《商山早行》唐·温庭筠

H.《古诗十九首·迢迢牵牛星》汉

I.《木兰诗》北朝民歌

J.《贺新郎·赋琵琶》宋·辛弃疾

答 案

1. 竹西花草弄春柔　2. 春归何处　3. 星垂平野阔　4. 牵牛织女渡河桥　5. 飞鸟相与还

6. 古来征战几人回　7. 居国南乡

A. 回车叱牛牵向北　B. 竹喧归浣女　C. 花深处　D. 于嗟阔兮　E. 潮平两岸阔　F. 星桥横过鹊飞回　G. 晨起动征铎　H. 相去复几许　I. 送儿还故乡　J. 千古事

44

A铁		1 B月						2 对		C云
		3 乌				D不				
				4 E飞		寻				家
5 散		满		星						
							F人			
	G神		6 H此				无			
										I从
7 醒	醉		无							
						8 当	年			急

130

诗句提示

横向题目

1.《舟夜书所见》清·查慎行

2.《风入松·赠蒋道录溪山堂》宋·张炎

3.《塞下曲·其一》唐·常建

4.《乌衣巷》唐·刘禹锡

5.《舟夜书所见》清·查慎行

6.《长恨歌》唐·白居易

7.《好事近》宋·朱敦儒

8.《菩萨蛮·大柏地》近现代·毛泽东

纵向题目

A.《书愤》宋·陆游

B.《枫桥夜泊》唐·张继

C.《左迁至蓝关示侄孙湘》唐·韩愈

D.《江城子》元·尹志平

E.《鹊桥仙》宋·秦观

F.《续侄溥赏酴醿劝酒·其一》宋·陈著

G.《诗经·楚茨》

H.《浪淘沙》宋·欧阳修

I.《满江红·和郭沫若同志》近现代·毛泽东

答　案

1. 月黑见渔灯　2. 对白云　3. 乌孙归去不称王　4. 飞入寻常百姓家　5. 散作满河星

6. 此恨绵绵无绝期　7. 醒醉更无时节　8. 当年鏖战急

A. 铁马秋风大散关　B. 月落乌啼霜满天　C. 云横秦岭家何在　D. 不难寻　E. 飞星传恨

F. 人无再少年　G. 神具醉止　H. 此恨无穷　I. 从来急

45

1西		A山		B白				C牡		D朵
							2牡	丹		朵
3E水		程				F酒				
			4山		千		次			开
5山			尽							
							G驻			
		6H雪		I胡			马			
									K待	
7风	J一									
			8秋	天			向			黑
9卖	炭									

诗句提示

横向题目

1.《渔歌子》唐·张志和

2.《鹊桥仙·题烟火簇》宋·詹无咎

3.《长相思》清·纳兰性德

4.《过华清宫》唐·杜牧

5.《渡荆门送别》唐·李白

6.《塞上听吹笛》唐·高适

7.《长相思》清·纳兰性德

8.《茅屋为秋风所破歌》唐·杜甫

9.《卖炭翁》唐·白居易

纵向题目

A.《长相思》清·纳兰性德

B.《登鹳雀楼》唐·王之涣

C.《长安春游》唐·王建

D.《墨梅》元·王冕

E.《江南春》唐·杜牧

F.《鹧鸪天·西都作》宋·朱敦儒

G.《望李陵台》元·柳贯

H.《长相思》清·纳兰性德

I.《诗经·君子偕老》

J.《卖炭翁》唐·白居易

K.《八声甘州·和》宋·何梦桂

答 案

1. 西塞山前白鹭飞 2. 牡丹数朵 3. 水一程 4. 山顶千门次第开 5. 山随平野尽 6. 雪净胡天牧马还 7. 风一更 8. 秋天漠漠向昏黑 9. 卖炭翁

A. 山一程 B. 白日依山尽 C. 牡丹相次发 D. 朵朵花开淡墨痕 E. 水村山郭酒旗风

F. 酒千觞 G. 驻马一西向 H. 雪一更 I. 胡然而天也 J. 一车炭 K. 待趁黑头

46

1余					A为		■	B闲		C十
■	■	■	■				2白	云		里
D昨	■		E只							
	■	3惶	恐		头			恐		
								F醉		
4昨		G江	边		水					
							5家		吴	
■	6不	如		H去		I明				
J倚	■			7年		岁				相
8高		多		今						
	■		■			9今				好

诗句提示

横向题目

1.《离骚》战国·屈原

2.《沁园春·留春》宋·陈人杰

3.《过零丁洋》宋·文天祥

4.《观书有感·其二》宋·朱熹

5.《苏幕遮》宋·周邦彦

6.《念奴娇》宋·辛弃疾

7.《代悲白头翁》唐·刘希夷

8.《酬鸿胪裴主簿雨后睢阳北楼见赠》唐·王昌龄

9.《菩萨蛮·大柏地》近现代·毛泽东

纵向题目

A.《观书有感·其一》宋·朱熹

B.《眼儿媚·呈周干臣》元·王恽

C.《望海潮》宋·柳永

D.《昨日歌》明·文嘉

E.《江城子·饯黄魁》宋·洪适

F.《清平乐·村居》宋·辛弃疾

G.《沁园春·雪》近现代·毛泽东

H.《减字木兰花》宋·吕本中

I.《减字木兰花·寿李茂叔》宋·郭应祥

J.《芳草渡》五代·南唐·冯延巳

答 案

1. 余独好修以为常　2. 白云万里　3. 惶恐滩头说惶恐　4. 昨夜江边春水生　5. 家住吴门
6. 不如归去　7. 年年岁岁花相似　8. 高楼多古今　9. 今朝更好看

A. 为有源头活水来　B. 闲云却恐　C. 十里荷花　D. 昨日兮昨日　E. 只恐江边　F. 醉里
吴音相媚好　G. 江山如此多娇　H. 去年今夜　I. 明岁而今　J. 倚高楼

47

A装			1 B桃					C千	
									D独
2此			流						
					3可		白		生
	4 E一		鱼						
					F一				
								G公	
5多	少		台		中		6故	侯	
		7夜			梦			事	

诗句提示

横向题目

1.《赠汪伦》唐·李白

2.《观书有感·其二》宋·朱熹

3.《破阵子·为陈同甫赋壮词以寄之》宋·辛弃疾

4.《青玉案·元夕》宋·辛弃疾

5.《江南春》唐·杜牧

6.《诉衷情》宋·朱敦儒

7.《琵琶行》唐·白居易

纵向题目

A.《菩萨蛮·大柏地》近现代·毛泽东

B.《渔歌子》唐·张志和

C.《别董大》唐·高适

D.《声声慢》宋·李清照

E.《念奴娇·赤壁怀古》宋·苏轼

F.《德祐二年岁旦·其一》宋·郑思肖

G.《诗经·采蘩》

答　案

1. 桃花潭水深千尺　2. 此日中流自在行　3. 可怜白发生　4. 一夜鱼龙舞　5. 多少楼台烟雨中　6. 故侯瓜　7. 夜深忽梦少年事

A. 装点此关山　B. 桃花流水鳜鱼肥　C. 千里黄云白日曛　D. 独自怎生得黑　E. 一时多少豪杰　F. 一心中国梦　G. 公侯之事

48

		A敲			B独		1东	C方		D明
2花		成			自					
E杂			F生							
3彩		穿	当							
						G犹				
			4人			厌		H中	苦	
5 I北				6 J一		兵		生		
7眼	前			山		8习		谷		

诗句提示

横向题目

1.《诗经·东方未明》

2.《书湖阴先生壁·其一》宋·王安石

3.《稚子弄冰》宋·杨万里

4.《蜀中九日》唐·王勃

5.《北风吹》明·于谦

6.《渡江书所见·荒竹》元·郝经

7.《清平乐·独宿博山王氏庵》宋·辛弃疾

8.《诗经·谷风》

纵向题目

A.《稚子弄冰》宋·杨万里

B.《一落索》宋·欧阳修

C.《归园田居·其一》东晋·陶渊明

D.《蝶恋花》宋·晏殊

E.《孔雀东南飞》汉乐府

F.《夏日绝句》宋·李清照

G.《扬州慢》宋·姜夔

H.《十五从军征》汉乐府

I.《捣练子·夜如年》宋·贺铸

J.《长相思》五代·南唐·李煜

答　案

1. 东方未明　2. 花木成畦手自栽　3. 彩丝穿取当银铮　4. 人情已厌南中苦　5. 北风吹

6. 一自兵尘生　7. 眼前万里江山　8. 习习谷风

A. 敲成玉磬穿林响　B. 独自个　C. 方宅十余亩　D. 明月不谙离恨苦　E. 杂彩三百匹

F. 生当作人杰　G. 犹厌言兵　H. 中庭生旅谷　I. 北风前　J. 一重山

49

1 谁			A 草			2 江	B 春			
3 C 归			池			4 平	明			
					D 蓝					
		5 一	水		田		绿			E 八
							F 朝			
		G 水		6 碧	玉		成			高
H 湘										
7 水		澹			烟					
						8 罗	裙			

诗句提示

横向题目

1.《游子吟》唐·孟郊

2.《次北固山下》唐·王湾

3.《望海潮》宋·柳永

4.《和张仆射塞下曲·其二》唐·卢纶

5.《书湖阴先生壁·其一》宋·王安石

6.《咏柳》唐·贺知章

7.《梦游天姥吟留别》唐·李白

8.《摘红英》宋·赵汝茪

纵向题目

A.《村晚》宋·雷震

B.《山中送别》唐·王维

C.《次北固山下》唐·王湾

D.《锦瑟》唐·李商隐

E.《茅屋为秋风所破歌》唐·杜甫

F.《孔雀东南飞》汉乐府

G.《观沧海》汉·曹操

H.《清湘词·其一》唐·刘禹锡

答　案

1. 谁言寸草心　2. 江春入旧年　3. 归去凤池夸　4. 平明寻白羽　5. 一水护田将绿绕

6. 碧玉妆成一树高　7. 水澹澹兮生烟　8. 罗裙小

A. 草满池塘水满陂　B. 春草明年绿　C. 归雁洛阳边　D. 蓝田日暖玉生烟　E. 八月秋高
风怒号　F. 朝成绣夹裙　G. 水何澹澹　H. 湘水流

50

A月		B天				1 C青		D中	
2黑		翻		E未		山			
							3西	北	
								如	
						4 F翠		如	
G又									
			5 H乱			昨		I乌	
6君		J作	石						
			7空			霜		飞	

诗句提示

横向题目

1.《长歌行》汉乐府

2.《六月二十七日望湖楼醉书·其一》宋·苏轼

3.《江城子·密州出猎》宋·苏轼

4.《桂枝香·金陵怀古》宋·王安石

5.《不眠》金·高士谈

6.《孔雀东南飞》汉乐府

7.《春江花月夜》唐·张若虚

纵向题目

A.《和张仆射塞下曲·其三》唐·卢纶

B.《七律·人民解放军占领南京》近现代·毛泽东

C.《过故人庄》唐·孟浩然

D.《书愤》宋·陆游

E.《月夜》唐·杜甫

F.《清平乐》宋·刘敞

G.《孔雀东南飞》汉乐府

H.《念奴娇·赤壁怀古》宋·苏轼

I.《短歌行》汉·曹操

J.《南歌子》唐·温庭筠

答 案

1. 青青园中葵　2. 黑云翻墨未遮山　3. 西北望　4. 翠峰如簇　5. 乱离惊昨梦　6. 君当作磐石　7. 空里流霜不觉飞

A. 月黑雁飞高　B. 天翻地覆慨而慷　C. 青山郭外斜　D. 中原北望气如山　E. 未解忆长安
F. 翠帘昨夜新霜　G. 又非君所详　H. 乱石穿空　I. 乌鹊南飞　J. 作鸳鸯

第 3 章

诗词趣味问答

一、诗人逸事问答

1. 假如古代有微信，以下哪位诗人会出现在武则天的"朋友圈"中？（　　　）

A. 高适　　　　　　B. 岑参　　　　C. 宋之问

2. 一位古代诗人，以现存诗作 9000 多首被评为"世界纪录协会中国诗歌存诗量最多的诗人"，请问他是谁？

3. 金庸有部小说叫《侠客行》，请问该小说名字出自唐代哪位诗人的作品？

4. 唐朝诗人中的"大李杜"和"小李杜"分别指谁？

5. 唐朝哪两位诗人分别被称为"诗仙"和"诗圣"？

6. 诗作被誉为"诗史"的诗人是谁？

7. 唐代哪位诗人被称为"诗佛"？

8. 唐代的诗词圈里有一位明星，请问被后辈诗人卢延让称为"诗星"的是谁？

9. 中国古代哪位诗人被称为"诗神"？

10. 有"词圣"之称，集文学、书画、诗词、美食、书法等于一身，并被公认为数千年历史中文学艺术造诣最为杰出的大家之一，请问他是谁？

11. 世称"昌黎"，与"诗囚"孟郊并称，倡导古文运动，请问他是谁？

12. 欧阳修的《赠王介甫》中写道："吏部文章二百年。""吏部"指的是哪位诗人？

13. 唐代诗人刘禹锡的《酬乐天扬州初逢席上见赠》中有诗句"今日听君歌一曲，暂凭杯酒长精神"，请问题目中的"乐天"指谁？

14. 唐代哪两位诗人并称"元白"？

15. 唐代哪两位诗人并称"温李"？

1.C。　2.陆游。　3.李白。　4."大李杜"指李白和杜甫，"小李杜"指李商隐和杜牧。
5.诗仙李白、诗圣杜甫。　6.杜甫。　7.王维。　8.孟浩然。　9.苏轼。　10.苏轼。
11.韩愈。　12.韩愈。　13.白居易。　14.元稹和白居易。　15.温庭筠和李商隐。

16. 唐代哪两位边塞派诗人并称"高岑"？

17. 柳宗元诗句"方同楚客怜皇树，不学荆州利木奴"中的"楚客"是指谁？

18. 元稹的《菊花》一诗中写道："秋丛绕舍似陶家，遍绕篱边日渐斜。"其中的"陶家"指的是谁的家？

19. 唐朝哪两位诗人并称"富骆"？

20. 宋朝哪两位词人合称"苏辛"？

21. 清初文学家王士祯曾说过："自汉魏以来两千年间，堪称诗家仙才的人有三位。"请问这三位"仙才"分别是谁？

22. 代人写文章叫作"捉刀"，请问"捉刀人"这个典故最早指哪位诗人？

23. "大小谢"是南朝宋谢灵运与南朝齐谢朓两人，他们又同是著名的山水派诗人，两人是什么关系？

24. "卜算子"是一个词牌名，相传"卜算子"是借用了唐代一位诗人的绰号，那么他是谁？

25. 李白笔下"吾爱孟夫子，风流天下闻"中的"孟夫子"指谁？

26. 李商隐的诗"刻意伤春复伤别，人间惟有杜司勋"，诗中提到的"杜司勋"是谁？

27. 唐朝哪位诗人，因出任苏州刺史，被世人称为"韦苏州"？

28. 唐代诗人赵嘏因为《长安晚秋》中的哪一句诗得到大诗人杜牧的赞赏，从此有了"赵倚楼"的称号？

29. 晚唐时期有一位诗人，富有天才，文思敏捷，每入试，押官韵，八叉手而成八韵，所以有"温八叉"之称，请问这位诗人是谁？

30. 中国古代哪位诗人有"长爪郎"的别称？

31. 宋代词人张先因《行香子》中的哪几句话被后人戏称为"张三中"的？

---

16. 高适和岑参。 17. 屈原。 18. 陶渊明。 19. 富嘉谟和骆宾王。 20. 苏轼和辛弃疾。
21. 曹植、李白、苏轼。 22. 曹操。 23. 同族关系。 24. 骆宾王。 25. 孟浩然。
26. 杜牧。 27. 韦应物。 28. 残星数点雁横塞，长笛一声人倚楼。 29. 温庭筠。 30. 李贺。
31. 心中事，眼中泪，意中人。

32. 宋代词人张先有"张三影"的美称，其中受到王国维赞赏的带"影"字的名句是哪一句？

33. 宋代著名词人贺铸有"贺梅子"的雅号，其得名的词句是什么？

34. "香草美人"一词在古代诗歌中指的是"忠贞贤良之士"，请问是哪位诗人开此先河的？

35. "建安风骨"有七子，成就最高的是谁的什么作品？

36. 武侠小说《天龙八部》中的段誉有一门绝巧武功叫"凌波微步"。请问这个词是哪位诗人用来形容美人的？

37. 形容女子有才华，我们常说"咏絮之才"。曹雪芹形容林黛玉时就用了"堪怜咏絮才"。请问"咏絮之才"的来历和哪位女诗人有关系？

38. 古代的"南朝三谢"指的是哪些人？

39. 古代哪位诗人号称"五柳先生"？

40. 古代哪位诗人被称为"彭泽先生"？

41. 唐代"吴中四士"分别指的是谁？

42. 初唐诗人中，号称"文章四友"的分别是谁？成就最高的是谁？

43. 杜甫的《戏为六绝句》中写道"王杨卢骆当时体，轻薄为文哂未休"，请问诗中的"王杨卢骆"指谁？

44. 唐代诗人中号称"唐诗三李"的分别是谁？

45. 边塞诗派中有"边塞三王"之称，其分别指哪三位王姓诗人？

46. "香山居士"是唐朝哪一位诗人的别名？

47. 古代哪位诗人被称为"长安公子"？

48. 《琵琶行》中写道："座中泣下谁最多，江州司马青衫湿。"其中的"江州司马"指谁？

---

32. 沙上并禽池上暝，云破月来花弄影。　33. 一川烟草，满城风絮，梅子黄时雨。
34. 屈原。　35. 王粲《七哀诗》。　36. 曹植。　37. 谢道韫。　38. 谢灵运、谢惠连、谢朓。
39. 陶渊明。　40. 陶渊明。　41. 贺知章、张旭、包融、张若虚。　42. 崔融、李峤、苏味道、杜审言；杜审言。　43. 王勃、杨炯、卢照邻、骆宾王。　44. 李白、李贺、李商隐。
45. 王翰、王之涣、王昌龄。　46. 白居易。　47. 杜牧。　48. 白居易。

49. "六一居士"是北宋哪位著名文学家的称号？

50. 宋朝哪位词人有"淮海居士"的称号？

51. "柔情似水"这个词在一位词人的作品当中有所体现，请问是哪位词人的哪句词？

52. 宋代词人柳永自称"奉旨填词"，这源于哪位皇帝对他的评价？

53. 柳永自称"奉旨填词"，以毕生精力作词，并以"白衣卿相"自诩。请问下面哪个选项和柳永有关？（　　　　）

　　A. 吊柳会　　　　　　　　B. 柳侯祠　　　　　　　C. 柳河东

54. 南宋哪几位诗人合称"永嘉四灵"？

55. 我国历史上有"词家三李"之说，分别指谁？

56. 唐朝时期有嗜酒好仙的学者名人，亦称作"酒中八仙"或"醉八仙"，这八个人分别是谁？

57. 诗人黄庭坚与杜甫、陈师道、陈与义有"一祖三宗"之称，所谓的"一祖三宗"指的是哪个诗派？

58. 明朝哪位诗人有"六如居士"的称号？

59. 唐玄宗读到哪位诗人的诗，曾拍案叫绝，说"此真天才也"？

60. 清初"岭南三大家"，别称"岭南三君"的三人分别是谁？

61. 王国维曾经称赞《诗经》中的某一首诗"最得风人深致"，请问是哪一首？

62. "不为五斗米折腰"源于对我国哪位诗人高尚气节的评价？

63. 哪位诗人凭借哪首诗，赢得了"以孤篇压倒全唐"的美誉？

64. 清朝学者郭麐（lín）有诗："我思昧昧最神伤，予季归来更断肠。作个才人真绝代，可怜薄命作君王。"请问，诗中评价的是哪位词人？

---

49. 欧阳修。　50. 秦观。　51. 秦观；柔情似水，佳期如梦，忍顾鹊桥归路。　52. 宋仁宗。53. A。　54. 徐照、徐玑、翁卷、赵师秀。　55. 李白、李煜、李清照。　56. 李白、贺知章、李适之、汝阳王李琎、崔宗之、苏晋、张旭、焦遂。　57. 江西诗派。　58. 唐寅。59. 李白。　60. 屈大均、陈恭尹、梁佩兰。　61.《蒹葭》。　62. 陶渊明。　63. 张若虚《春江花月夜》。　64. 李煜。

65. 欧阳修有诗句"翰林风月三千首"，其中"翰林"是指唐代哪位诗人？

66. 杜甫的诗句"不薄今人爱古人，清词丽句必为邻"中的"今人"是指谁？

67. 白居易《赋得古原草送别》中的诗名为什么要加"赋得"二字？

68. 唐代诗人孟郊的《登科后》中的诗句"昔日龌龊不足夸，今朝放荡思无涯"描述了他登科前后生活上的差异，请问"登科"指的是在科举考试中考上了什么？

69. 白居易的《琵琶行》序中写道："元和十年，予左迁九江郡司马。"其中的"左迁"是什么意思？

70. 唐朝哪位诗人写诗时常以"无题"命名？

71. 宋代有位诗人说："我这辈子所作的文章，多在'马上''枕上''厕上'写成。"后人称之为"三上"。请问这位如此用功的诗人是谁？

72. 请问徐志摩为诗社取名"新月"，是用了哪位诗人的诗集名称？

73. 宋代有位诗人潘大林，在风雨来临时写诗，刚写一句就被催租人打扰了诗兴，以后再难续写，却留下了千古称赞的"一句诗"，请问是哪一句？

74. 李清照被称为"李三瘦"，请问"三瘦"是指哪些词句？

75. 哪位诗人被后世评论家称为"唐代诗祖"？

76. "东山再起"这个典故指的是哪位诗人？

77. "唐人惟子厚深得骚学。"这是南宋著名诗论家严羽对哪位诗人的评价？

78. "天上人间"一词早在白居易的《长恨歌》中便有，请问原句是什么？但这个词后来成名于哪位词人的哪首作品？

79. 著名典故"旗亭画壁"涉及的诗人有哪些？最美女子唱的是哪首诗？

---

65. 李白。　66. 庾信。　67. 应考习作。　68. 进士。　69. 降职。　70. 李商隐。　71. 欧阳修。　72. 泰戈尔。　73. 满城风雨近重阳。　74. 莫道不销魂，帘卷西风，人比黄花瘦；知否，知否，应是绿肥红瘦；新来瘦，非干病酒，不是悲秋。　75. 陈子昂。　76. 谢安。　77. 柳宗元。　78. 天上人间会相见；李煜的《浪淘沙》。　79. 高适、王昌龄、王之涣，《凉州词》。

80. 清代文人王士祯的《题秋江独钓图》描述了"一人独钓"的画面，请问唐代哪位诗人的哪首诗曾经表现过？

81. 毛泽东的《沁园春·雪》中"俱往矣，数风流人物，还看今朝"的"风流人物"这个词在苏轼的哪首词出现过？

82. 北宋年间，发生了一起有名的"乌台诗案"，请问在这个事件中哪位诗人因言而罪？

83. 有首唐诗被后人称为"写母子之情，极真、极隐、极痛、极尽，一字一呜咽"。这是哪位诗人的哪首诗？

84. 中国古代哪位诗人主张"工夫在诗外"？

85. 请问"书到用时方恨少"出自哪位诗人之手？

86. 曾经享受过"力士脱靴，贵妃研墨"的诗人是谁？

87. 被清代文人王士祯评价为"丽绝韵绝，令人神往"的诗是白居易的哪首诗？

88. 宋朝哪位词人被称为"词家之冠""词中老杜"？

89. 宋诗的"开山祖师"是谁？

90. 宋词婉约派的四大旗帜分别是谁？

91. "可怜荒垄穷泉骨，曾有惊天动地文"是谁对谁的评价？

92. "李杜文章在，光焰万丈长"是谁在哪首诗里对李白和杜甫的评价？

93. "诗圣"杜甫为了写出好诗，也是蛮拼的。请问下列哪个选项是他对此的自述？（　　　）

A. 吟安一个字，捻断数茎须。

B. 为人性僻耽佳句，语不惊人死不休。

C. 二句三年得，一吟双泪流。

94. 清代诗人袁枚《马嵬》诗云："莫唱当年长恨歌，人间亦自有银河。石壕村里夫妻别，泪比长生殿上多。"请问第三句用典取自杜甫的哪首作品？

---

80. 柳宗元的《江雪》。　81.《念奴娇·赤壁怀古》。　82. 苏轼。　83. 孟郊的《游子吟》。　84. 陆游。　85. 陆游。　86. 李白。　87.《暮江吟》。　88. 周邦彦。　89. 梅尧臣。　90. 李煜、晏殊、柳永、李清照。　91. 白居易对李白的评价。　92. 韩愈《调张籍》。　93. B。　94.《石壕吏》。

95. 杜甫的作品《佳人》描写的是历史上的哪场战乱?

96. 曹植的《七步诗》表达了对谁的强烈不满?

97. 南唐后主李煜的《破阵子》中,描述离开故国之际情景的词句是哪两句?

98. "京口瓜洲一水间,钟山只隔数重山。"诗歌体现了哪位诗人希望早日归家的急迫心情?

99. "举世皆浊我独清,众人皆醉我独醒"是哪位诗人的感叹?

100. 端午节的由来与屈原有关,他是中国浪漫主义诗歌的奠基人,又是我国第一位爱国主义诗人,请问他创造了什么文学体裁?

101. 屈原有一部作品一口气对天、地、自然、社会、历史、人生提出了172 个问题,这部作品的名字叫什么?

102. 爱国诗人屈原被放逐之前,最后担任的官职是什么?

103. "楚国灭亡之后,屈原感到救国无望,自投汨罗江。"请问司马迁认为屈原自尽前的绝命诗是哪一首?

104. 《西厢记》是我国家喻户晓的名剧,而这出剧的故事改写自唐代的《莺莺传》,请问《莺莺传》的作者是谁?

105. 沈德潜《说诗晬语》:"性情面目,人人各具。读_____的诗,如见其脱屣千乘;读_____的诗,如见其忧国伤时。"横线处的二位诗人,与下列选项所论诗人相同的一项是(　　　　)。

A. 子美不能为太白之飘逸,太白不能为子美之沉郁

B. 读柳子厚诗,知其人无与偶　读韩昌黎诗,知其世不能容

C. 王右丞如秋水芙蓉,倚风自笑　孟浩然如洞庭始波,木叶微落

D. 子瞻以议论作诗,鲁直(黄庭坚)又专以补缀奇字,学者未得其所长,而先得其所短

---

95. 安史之乱。　96. 曹丕。　97. 最是仓皇辞庙日,教坊犹奏别离歌。　98. 王安石。99. 屈原。　100. 骚。　101.《天问》。　102. 三闾大夫。　103.《怀沙》。　104. 元稹。105. A。

106. 下列诗句，不能体现诗人博大胸怀的一项是（　　）。

A. 日月之行，若出其中；星汉灿烂，若出其里。

B. 北国风光，千里冰封，万里雪飘。

C. 枯藤老树昏鸦，小桥流水人家，古道西风瘦马。

D. 飞流直下三千尺，疑是银河落九天。

107. 元好问的《论诗三十首》中用"一语天然万古新，豪华落尽见真淳"来评价某位诗人的诗歌作品，请问这位诗人是谁？

108. 明朝时期"江南四大才子"中的祝枝山的原名叫什么？

109.《诗经》中有名句"死生契阔，与子成说"，作者作此诗时要去做什么事？

110. 他是一位诗人，也是一位爱好广泛又特立独行的隐士，在崇尚阴柔之美，又非常重视个人修饰的时代，他可以近一个月不洗脸，不洗头，临终前弹奏了一首《广陵散》，《广陵散》从此绝矣。请问这位诗人是谁？

111. 贾岛作诗锤字炼句、精益求精，曾用"二句三年得，一吟双泪流"来评价自己的作品。请问贾岛写了哪句诗之后才对自己做出这样的评价？

112. 王维在《山中送别》中曾化用了《楚辞·招隐士》当中的名句"王孙游兮不归，春草生兮萋萋"。请问是哪两句诗？

113. 苏轼曾经高度评价过一首诗说："帝遣银河一派垂，古来惟有谪仙词。"请问评价的是哪位诗人的哪首作品？

114. 苏轼曾在哪位名僧的画作《春江晚景》上题诗？

115. 唐代诗人岑参写的哪首诗堪称是盛世大唐边塞诗的压卷之作？

116. 词牌名《诉衷情》是唐代词人温庭筠创作的，取诗句"众不可户说兮，孰云察之"之意创作而成的。请问这句诗出自哪首诗？

117. 词是配合宴乐乐曲而填写的诗歌，有词调，也有词牌。宋代共有880多个词调，请问哪位词人创作中用过的词调最多？

---

106. C。　107. 陶渊明。　108. 祝允明。　109. 从军。　110. 嵇康。　111. 独行潭底影，数息树边身。　112. 春草年年绿，王孙归不归。　113. 李白《望庐山瀑布》。　114. 惠崇。　115.《白雪歌送武判官归京》。　116. 屈原的《离骚》。　117. 柳永。

118. 王维写的《相思》一诗是送给谁的？

119. 有位诗人十分爱酒，他的诗作和他的饮酒生活同样有名气，他在朝廷任职时曾下令"悉种秫以为酒料"，请问这位诗人是谁？

120. 蔡邕是东汉诗人，除了写诗、题赋、书法之外，还擅音律，请问蔡邕用的名琴叫什么名字？

121. 下列哪位诗人没有做过官？（　　　　）

A. 孟浩然　　　　　　　B. 辛弃疾　　　　　　　C. 李绅

122. 以下哪位诗人没带兵打过仗？（　　　　）

A. 范仲淹　　　　　　　B. 辛弃疾　　　　　　　C. 晏几道

123. 山高水长，不少诗人登高远眺，有感而发写下流传千古的佳作。下列登临而作的诗句中，哪一项是出自诗仙李白？（　　　　）

A. 山随平野尽，江入大荒流。

B. 江流天地外，山色有无中。

C. 江作青罗带，山如碧玉簪。

124.《赠汪伦》描写的是朋友送别之情，请问诗中汪伦当时用了民间哪种形式为李白送行？

125. 李白的《将进酒》中叙述了他和哪两位好友喝酒的故事？

126. 下列哪句诗不是李白写的？（　　　　）

A. 李白乘舟将欲行　　　B. 李白斗酒诗百篇

C. 别有天地非人间　　　D. 风吹柳花满店香

127. 下列诗句中都是描写母爱的，请问哪句不是出自孟郊？（　　　　）

A. 母爱无所报，人生更何求？

B. 萱草生堂阶，游子行天涯。

C. 谁言寸草心，报得三春晖？

128. 下列唐宋文人中哪一组不是师生关系？（　　　　）

A. 欧阳修　苏轼　　　　B. 晏殊　欧阳修　　　　　C. 玉真公主　王维

---

118. 李龟年。　119. 陶渊明。　120. 焦尾。　121. A。　122. C。　123. A。　124. 踏歌。
125. 岑勋和元丹丘。126. B。　127. A。　128. C。

129. 唐代有三位诗人写了咏蝉诗，被称为"咏蝉三绝"。请问他们分别是谁的什么作品？

130. "诗界革命"的口号是由谁提出来的？

131. "空负头上巾，吾于尔何有。"这是李白借陶渊明的诗句来嘲笑王历阳不肯喝酒时写的诗，其中"空负头上巾"一句出自陶渊明的哪首诗？

132. 欧阳修曾作"鸟声梅店雨，野色柳桥春"，想超出温庭筠哪首诗的哪一句？

133. 诗句"花开花落不长久，落红满地归寂中"出自哪位皇帝？

134. 五个关键词猜一个词人：抑郁而终、婚姻不幸、断肠、南宋才女、圈儿词。

135. 四个关键词猜一首作品名称：盛唐名篇、预测战事、剑阁、谪仙。

136. 四个关键词猜一个词牌名：宋词名篇、婉约、唐明皇、柳永。

137. "自在飞花轻似梦，无边丝雨细如愁。"这句词描写的是哪位词人的愁？

138. 李商隐与段成式、温庭筠三人因诗文风格相近而被称为什么？

139. 下面哪项不是刘禹锡《竹枝词》的主要题材？（　　　　）

A. 山水风俗　　　　　　B. 神话故事　　　　　　C. 男女情爱

140. 王国维在《人间词话》中特别欣赏一句古诗词，认为其"大有众芳芜秽，美人迟暮之感"。请问是以下哪句诗词？（　　　　）

A. 细雨梦回鸡塞远，小楼吹彻玉笙寒。

B. 帘外雨潺潺，春意阑珊。

C. 自在飞花轻似梦，无边丝雨细如愁。

D. 菡萏香销翠叶残，西风愁起绿波间。

141. "撼树蚍蜉自觉狂，书生技痒爱论重。老来留得诗千首，却被何人校短长？"这是哪位诗人有感而作？

---

129. 骆宾王《在狱咏蝉》、虞世南《蝉》、李商隐《蝉》。　130. 梁启超。　131. 陶渊明的《饮酒》。　132.《商山早行》鸡声茅店月，人迹板桥霜。　133. 陈后主陈叔宝。　134. 朱淑真。　135. 李白的《蜀道难》。　136. 雨霖铃。　137. 秦观。　138. 三十六体。　139. B。　140. D。　141. 元好问。

142. "我自横刀向天笑，去留肝胆两昆仑。"这是哪位历史人物留下的绝命诗？

143. 人们通常修建祠堂来纪念诗人，并且感谢他对后人的贡献。湖南省一座祠堂的石碑上是这样赞颂一位诗人的："义特百夫，文雄千古，其忠可以激俗，其清可以厉贪。"请问这位诗人是谁？

144. 曹雪芹的祖父曹寅写的《题楝亭夜话图》是为了纪念哪位诗人？

145. 金代元好问的《论诗绝句》第二十九首中写道："池塘春草谢家春，万古千秋五字新。"请问这句话称赞的是哪位诗人？

146. "天生一副侠骨，专喜欢管闲事，打抱不平，杀人报仇、革命、帮痴心女子打负心汉。"这是闻一多对哪位诗人的评价？

147. 梁启超诗云："诗界千年靡靡风，兵魂销尽国魂空。集中十九从军乐，亘古男儿一放翁。"他称赞的是谁？

148. 国学大师季羡林在《阅世新语》一书中提起自己的座右铭："纵浪大化中，不喜亦不惧。应尽便须尽，无复独多虑。"这是哪位诗人的诗？

149. 朱德的题词写道："草堂留后世，诗对著千秋。"指的是哪位诗人？

150. "世上疮痍，诗中圣哲；民间疾苦，笔底波澜。"请问这是郭沫若为哪位诗人题的对联？

151. "何处招魂，香草还生三户地；当年呵壁，湘流应识九歌心。"这是后人写给哪位诗人的对联？

152. "豪气压群雄，能使力士脱靴，贵妃捧砚；仙才媲众美，不让参军俊逸，开府清新。"这副对联描写的是哪一位诗人？

153. 模仿李煜名句"问君能有几多愁，恰似一江春水向东流"的方式写"愁"的是下列哪项？（　　　）

A. 春去也，飞红万点愁如海。

B. 只恐双溪舴艋舟，载不动许多愁。

C. 一川烟草，满城风絮，梅子黄时雨。

---

142. 谭嗣同。　143. 李白。　144. 纳兰性德。　145. 谢灵运。　146. 骆宾王。　147. 陆游。
148. 陶渊明。　149. 杜甫。　150. 杜甫。　151. 屈原。　152. 李白。　153. A。

154. 知名摇滚乐队唐朝乐队有一首歌叫《梦回唐朝》，其中一句歌词是"安得广厦千万间"，请问出自杜甫的哪首作品？

155. 邓丽君演唱的《人面桃花》中的歌词"去年今日此门中，人面桃花相映红"是出自谁的哪部作品？

156. 在现实生活中，孤独寂寞的时候会吟上一句"欲将心事付瑶琴，知音少，弦断有谁听"。请问这首词出自谁之手？

157. 诗词造诣精湛的优秀诗人柳亚子曾以"余推为千古绝唱，苏东坡、幼安，犹瞠于其后，更无论南唐小令，南宋慢词矣"来评价毛泽东的哪首词？

二、诗词人物问答

1. 下列诗句中，形容杨贵妃"颜值"极高的是哪两句？（　　　）

A. 芙蓉不及美人妆，水殿风来珠翠香。

B. 何须浅碧深红色，自是花中第一流。

C. 回眸一笑百媚生，六宫粉黛无颜色。

2. 成语"炙手可热"出自杜甫的诗句"炙手可热势绝伦，慎莫近前丞相嗔"，是用来形容某位妃子得宠鸡犬升天，请问这位妃子是谁？

3. 李白的《妾薄命》描写的是历史上哪位皇后？

4. 王维的诗句"朝为越溪女，暮作吴宫妃"形容的是我国古代哪位美女？

5. 李白在《妾薄命》中写道："以色事他人，能得几时好？"这是描写的哪位女子？

6. 浙江绍兴有一座名园叫沈园，因南宋爱国诗人陆游作的《钗头凤》而成名，请问该词所寄女子是谁？

7. 盛唐有两位歌女，歌喉美妙，被后人铭记，她们的名字成了词牌，分别是谁？

154.《茅屋为秋风所破歌》。　155. 崔护《题都城南庄》。　156. 岳飞。　157.《沁园春·雪》。

1. C。　2. 杨贵妃。　3. 陈阿娇。　4. 西施。　5. 陈阿娇。　6. 唐婉。　7. 念奴娇、何满子。

8. 白居易的诗句"玉容寂寞泪阑干，梨花一枝春带雨"描写美女在做什么？

9. "琵琶弦上说相思，当时明月在，曾照彩云归"出自晏几道所作的《临江仙》，他相思的佳人是？

10. 《神雕侠侣》中李莫愁每次杀人后总是说："问世间，情是何物，直教生死相许。"请问这段词出自哪位词人哪首词？

11. "汉兵已略地，四方楚歌声。大王意气尽，贱妾何聊生。"相传是谁临死前吟唱的？

12. "三岁贯女，莫我肯顾；逝将去女，适彼乐土"出自《诗经》。请问诗中的"女"是指什么？

13. 陶渊明在《乞食》中写道："感子漂母惠，愧我非韩才。""韩"指的是谁？

14. "儿童相见不相识，笑问客从何处来。""客"是指谁？

15. 白居易有诗云："汉使却回凭寄语，黄金何日赎蛾眉？君王若问妾颜色，莫道不如宫里时。""妾"是指谁？

16. 宋词《减字木兰花》写道："怕郎猜道，奴面不如花面好。云鬓斜簪，徒要教郎比并看。"请问这首富有浓郁深情的词当中的"郎"指的是谁？

17. 《诗经·关雎》中写道"窈窕淑女，君子好逑"，请问"好逑"是指什么？

18. "北方有佳人，绝世而独立"中的"佳人"和作者李延年是什么关系？

19. 根据《孔雀东南飞》的叙述：刘兰芝嫁给焦仲卿之后非常勤劳，但是仍有人不满，诗中写道："三日断五匹，大人故嫌迟。"请问诗中的"大人"是指谁？

20. 杜甫在《咏怀古迹》中写道："群山万壑赴荆门，生长明妃尚有村。"诗中的"明妃"指谁？

---

8. 哭。　9. 小苹。　10. 元好问《摸鱼儿 / 雁丘词》。　11. 虞姬。　12. 剥削的统治者。
13. 韩信。　14. 贺知章。　15. 王昭君。　16. 赵明诚。　17. 好的配偶。　18. 兄妹。
19. 刘兰芝的婆婆。　20. 王昭君。

21. 白居易的《长恨歌》写道："中有一人字太真，雪肤花貌参差是。"请问诗中的"太真"指的是谁？

22. 李商隐的《霜月》中写道"青女素娥俱耐冷"，请问"素娥"是指谁？

23. 明代诗人陈伯康的《秋千辞》中写道："掌中飞燕旋风斜，楼外绿珠坠落花。"其中的"绿珠"是指谁？

24. 清初诗人吴伟业写道："恸哭六军俱缟素，冲冠一怒为红颜。"请问诗中的"红颜"是指历史上哪位人物？

25. 杜甫的《赠花卿》中写道："此曲只应天上有，人间能得几回闻？"请问"花卿"是什么职业？

26. "故人西辞黄鹤楼，烟花三月下扬州。"请问诗中的"故人"是谁？

27. "我本楚狂人，凤歌笑孔丘。"句中的"孔丘"是指谁？

28. 李白的《将进酒》中写道："陈王昔时宴平乐。"其中，"陈王"是指谁？

29. 岳飞的《满江红》中提到了"靖康耻，犹未雪"。"靖康"是指哪两个皇帝？

30. 白居易的《奉和令公绿野堂种花》中的"令公"是指谁？

31. 袁枚在《遣兴》中写道："爱好由来落笔难，一诗千改始心安。阿婆还是初笄（jī）女，头未梳成不许看。"诗中的"初笄"是指女子加笄成年，请问古时女子多少岁开始加笄？

32. 李商隐有诗句"徒令上将挥神笔，终见降王走传车"，其中，"上将"是指哪位历史人物？

33. 王昌龄的《出塞》中写道："但使龙城飞将在，不教胡马度阴山。"请问诗中的"飞将"是指谁？

34. "君不见沙场征战苦，至今犹忆李将军。"请问"李将军"是指谁？

---

21. 杨玉环。　22. 嫦娥。　23. 一位女子。　24. 陈圆圆。　25. 武将。　26. 孟浩然。
27. 孔子。　28. 陈思王曹植。　29. 宋徽宗和宋钦宗。　30. 裴度。　31. 15 岁。
32. 诸葛亮。　33. 李广。　34. 李广。

35. 李白说"仰天大笑出门去，我辈岂是蓬蒿人"，下面对"蓬蒿人"的理解正确的是（　　　）。

　　A. 俗语骂人的话　　　　　B. 贫居之人，所居荒野之处多蓬蒿

　　C. 攀龙附凤之人

36. 裴迪的《崔九欲往南山马上口号与别》中写道："归山深浅去，须尽丘壑美。莫学武陵人，暂游桃源里。"请问诗中的"武陵人"最早出自谁的笔下？

37. "商女不知亡国恨，隔江犹唱后庭花。"这句诗出自杜牧的《泊秦淮》，"后庭花"乃亡国之音，与哪位皇帝有关？

38. 王昌龄的诗句"平阳歌舞新承宠，帘外春寒赐锦袍"中的"新承宠"是指谁？

39. 辛弃疾的《摸鱼儿》中写道："长门事，准拟佳期又误。"与"长门事"一句相关的历史人物是谁？

40. 辛弃疾的《南乡子·登京口北固亭有怀》中写道："天下英雄谁敌手，曹刘。生子当如孙仲谋。"其中，"孙仲谋"指的是谁？

41. 黄庭坚有诗云："闭门觅句陈无己。"这个"陈无己"搞创作的时候喜欢在家里关着门，用被子蒙住头苦苦思索，请问他是谁？

42. 王冕的《墨梅》中写道："我家洗砚池头树，个个花开淡墨痕。""洗砚池"用的是谁的典故？

43. 李白在《阳春歌》中写道："飞燕皇后轻身舞，紫宫夫人绝世歌。"请问诗中的"紫宫夫人"指的是谁？

44. 白居易《长恨歌》中的"金屋妆成娇侍夜"化用了成语"金屋藏娇"的典故，请问这个成语与哪位皇帝有关？

45. 毛泽东的《沁园春·雪》写道："唐宗宋祖，稍逊风骚。"请问"唐宗宋祖"是指谁？

46. 陶渊明《读山海经》中"猛志固常在"称赞的是哪位神话人物？

---

35. B。　　36. 陶渊明。　　37. 陈后主陈叔宝。　　38. 卫子夫。　　39. 陈阿娇。　　40. 孙权。
41. 陈师道。　　42. 王羲之。　　43. 李延年的妹妹李夫人。　　44. 汉武帝。　　45. 李世民和赵匡胤。
46. 刑天。

47. 唐朝有位诗人三拜宰相，统领当时文坛三十年，与苏颋并称为"燕许大手笔"，请问他是谁？

48. 唐代诗人徐凝写过一首诗叫《汉宫曲》：

水色帘前流玉霜，赵家飞燕侍昭阳。

掌中舞罢箫声绝，三十六宫秋夜长。

诗中描写的"能做掌中舞"的古代美女是谁？

49. "会须一饮三百杯"出自李白的《将进酒》，说的是历史上确实有人曾一共喝了三百杯酒不醉，请问此人是谁？

50. 辛弃疾《摸鱼儿》中"千金纵买相如赋"是指何人要买相如的哪篇作品？

51. 元稹的《闻乐天左降江州司马》中被贬谪的朋友是谁？

52. 根据白居易《琵琶行》的介绍，诗中的女主人公是哪里人？

53. 杜牧的《河湟》表达了自己对国家边防的忧虑，诗中写道："牧羊驱马虽戎服，白发丹心尽汉臣。"请问这句诗借用了历史上哪个人物的历史故事？

54. "涛声夜入伍员庙，柳色春藏苏小家"出自白居易的《杭州春望》，这是作者任杭州刺史时所作，请问诗中提到了哪两个人？

55. 纳兰性德的《浣溪沙》是一首悼念亡妻的词，请问词中的"赌书消得泼茶香"引用了历史上哪对恩爱夫妻的典故？

56. "我愿平东海，身沉心不改。大海无平期，我心无绝时。"这首诗描述的是哪个神话传说？

57. 纳兰性德的诗句"人生若只如初见，何事秋风悲画扇"讲述了哪位君王和谁的故事？

---

47. 张说。　48. 赵飞燕。　49. 郑玄。　50. 陈阿娇；《长门赋》。　51. 白居易。　52. 长安。　53. 苏武。　54. 伍子胥和苏小小。　55. 李清照和赵明诚。　56. 精卫填海。　57. 班婕妤和汉成帝。

58. 下列哪首诗是描写霍去病的？（　　　）

A. 出身仕汉羽林郎，初随骠骑战渔阳。

B. 但使龙城飞将在，不教胡马度阴山。

C. 匈奴未灭不言家，驱逐行行边徼赊。

59. 明代王磐写的《朝天子·咏喇叭》是在讽刺什么人？

60. "谁料晓风残月后，而今重见柳屯田。"请问这是对哪位词人的夸奖之词？

61. 辛弃疾的"想当年，金戈铁马，气吞万里如虎"中赞扬的人物是谁？

62. "长卿牢落悲空舍，曼倩诙谐取自容"出自李贺的《南园》，诗中批评的人物是谁？

63. 以下四句诗中分别关联了一个历史人物，其中有三句为同一个人物，请找出和此三句人物无关的一句。（　　　）

A. 可怜夜半虚前席，不问苍生问鬼神。

B. 映阶碧草自春色，隔叶黄鹂空好音。

C. 江流石不转，遗恨失吞吴。

D. 伯仲之间见伊吕，指挥若定失萧曹。

64. "林暗草惊风，将军夜引弓。平明寻白羽，没在石棱中。"诗中运用了哪个人物的典故？（　　　）

A. 汉朝李广的故事　　　　　　B. 汉朝霍去病的故事

C. 宋代岳飞的故事　　　　　　D. 宋代辛弃疾的故事

65. "细推物理须行乐，何用浮名绊此身。"请问诗句描述了哪位诗人的豁达？

66. 诗人多看淡名利。"只有中间，些子少年，忍把浮名牵系"描述的是哪位诗人淡泊名利？

67. "忍把浮名，换了浅斟低唱。"请问这是在描写哪位词人的狂荡不羁？

68. "飞黄腾踏去，不能顾蟾蜍"是韩愈教育谁要立志飞黄腾达？

58. C.　59. 宦官。　60. 纳兰性德。　61. 宋武帝刘裕。　62. 司马相如和东方朔。　63. A.
64. A.　65. 杜甫。　66. 范仲淹。　67. 柳永。　68. 儿子。

69. 杜甫的《自京赴奉先县咏怀五百字》中写道："朱门酒肉臭，路有冻死骨。"诗中提到作者的什么人被活活饿死？

70. 杜牧的《秋夕》描写的是什么人孤独寂寞的心境？

71. 请结合杨慎《临江仙》的创作背景，说说他在江边看到了什么人后创作了这首词。

72. 卢纶的《塞下曲》描写的是汉朝哪位将军猎虎的故事？

73. 以下词牌名中含有人物的是哪一个？（　　　）

A. 生查子　　　　　B. 木兰花慢　　　　　C. 念奴娇

74. 唐代诗人杨敬之的《赠项斯》中写道："平生不解藏人善，到处逢人说项斯。"诗中隐含一个与人物有关的成语，你知道是哪个吗？

75. 杜甫的《曲江二首》中写道："酒债寻常行处有，人生七十古来稀。"诗中隐含一个与年龄有关的成语，你知道是哪个吗？

76. 白居易的《琵琶行》中写道："座中泣下谁最多，江州司马青衫湿。"诗中隐含一个与衣服有关的成语，你知道是哪个吗？

77. 白居易的《琵琶行》中写道："沉吟放拨插弦中，整顿衣裳起敛容。"诗中隐含一个与化妆有关的成语，你知道是哪个吗？

78. 白居易的《琵琶行》中写道："门前冷落车马稀，老大嫁作商人妇。"诗中隐含一个与房屋有关的成语，你知道是哪个吗？

79. "岂有豪情似旧时，花开花落两由之。何期泪洒江南雨，又为斯民哭健儿。"这首七言绝句是鲁迅先生为谁写的？

---

69. 杜甫的儿子。　70. 宫女。　71. 渔夫和樵夫。　72. 李广。　73. C。　74. 逢人说项。
75. 古稀之年。　76. 司马青衫。　77. 整衣敛容。　78. 门前冷落。　79. 杨杏佛。